KB144922

곱빼기 있어서 얼마나 다행인가

곱빼기 있어서 얼마나 다행인가
박찬일

짜장이냐, 짬뽕이냐. 그것은 우리에게 『햄릿』의
질문보다 더욱 중요할지 모릅니다. 중국집은 속도전.
식당 문을 열고 들어가 자리에 앉아 메뉴판을 채 펼치
기도 전에, 종업원은 우리의 입에서 나올 메뉴를 기다
리며 한 손에는 메모지를 들고 서 있습니다. 아직 마음
을 정하지 못해 우물쭈물하는 사이 그는 단무지와 따
뜻한 차를 무심히 내려놓고는 다시 주방 쪽으로 사라
져버립니다.

배달 주문도 상황은 마찬가지입니다. 짜장? 짬
뽕? 에라, 짬짜면? 통화 연결음이 울리는 몇 초라도
마지막 고민을 해볼까 하지만, "따르릉."도 아니고
"따…" 소리가 희미하게 스칠라치면 이미 전화기 건너
편에서는 이렇게 말하고 있습니다.

"네, 뭘로 준비해드릴까요?"

기다리는 사람의 인내심도 유독 인색한 곳이 바
로 중국집입니다. 패스트푸드보다 더 빠른 속도가 요
구되죠. 더디게 움직이는 시곗바늘을 바라보다 꼬르
륵거리는 배를 부여잡고 다시 전화를 걸면 어김없이
사장님들은 이렇게 말씀하시곤 합니다.

"네, 방금 출발했습니다."

우리는 무수히 많은 '방금 출발한' 짜장면을 먹으며 성장했다고 해도 과언이 아닐 것입니다. 이삿날에도, 졸업식 날에도, 숱한 환영과 송별의 순간마다 짜장면이 있었고, 어머니는 짜장면이 싫다고 하셨죠. 누구에게나 눈물 젖은 짜장면 한 그릇쯤은 있을 거예요. 이제는 추억이 되었을 우리 모두의 짜장면을 이 책이 몽글몽글 소환해내기를 바랍니다.

사실, 불어터진 짜장면만큼 참을 수 없었던 것은 따로 있어요. 바로 '자장면'. 받아쓰기 시간 '짜장면'이라고 적었다가는 선생님의 빨간펜 세례가 날아왔습니다. 편집자로 자라난 저 역시 교정지에서 발견한 숱한 '짜장면'을 '자장면'으로 고쳐댔고요. 국립국어원은 이런 국민 정서(?)를 반영한 것인지 2011년 8월 31일부로 '짜장면'도 복수 표준어로 인정하게 되면서 중국집 메뉴판에 평화가 찾아왔습니다. '짜장'을 '짜장'이라 부르지 못했던 편집자의 마음도 한결 가뿐해졌습니다. 오늘만큼은 짜장이냐, 짬뽕이냐 하는 질문 앞에서 망설임 없이 '짜장'을 외쳐보자구요.

추신. 빨리도 좋지만, 전국의 라이더 여러분! 안전 운전하세요.

Editor 김지향

차례 ————

나는 짜장면으로 이루어진 사람이다

짜장면은 그냥 음식이 아니다. 세상 모든 음식 앞에 있다. 적어도 내게는 그렇다.

주문해놓고 긴장하며 기다리던 최초의 음식이 짜장면이었다. 주방 카운터에서 내 탁자까지 거리가 그토록 멀게 느껴지는 음식이 짜장면밖에 더 있던가. 직원이 그릇을 들고 내게 접근해오던 그 짧은 순간에 훅, 하고 심호흡을 하게 한 음식은 짜장면 말고 없었다. 내가 무슨 열정으로 이탈리아의 중국집 주방장에서 짜장면 레시피를 가르쳤던가. 천하 미식의 중심지 홍콩의 어느 요릿집 메뉴에서 한자로 쓰인 짜장면이라는 세 글자를 보고 흥분했던 이상한 인간이 나다.

한국의 여러 된장을 볼 때마다 이 장으로 짜장을 만들 수 있을까 없을까 따지는 사람이 나 말고 또 있을까 싶다. 요새 시판용 한국식 된장에는 뜻밖에도 중국식 춘장처럼 대개 밀가루가 들어 있는데, 그렇다면 이것은 한국 된장이면서 동시에 춘장이라는 생각을 하는 인간이 나 외에 있겠나 말이다.

물리적, 화학적으로야 짜장면이 왜 맛있는지 다 밝힐 수 있는 시대다. 볶음, 마이야르 반응, 발효, 아미노산, 캐러멜라이징, 혈당… 굳이 더한다면 배달의 기다림. 우리는 짜장면교의 오랜 신도였다. 자진해서 돈을 갖다바쳤고, 코를 박고 경배했으며, 외롭고 힘들 때마다 위로를 구했다. 먹다가 젓가락이 부러져도 짜장면 탓으로 돌리지 않고 우리 신앙의 부족을 고백했다. 짜장면은 우리를 기꺼이 받아들였다. 심지어 언제든 기도드릴 수 있도록 가정 상비용 인스턴트 제품도 만들어주었다. 더구나 곱빼기라는 말, 언제나 가슴을 뛰게 하는 그 한마디로 나는 배교하지 않았다.

그러나 이제 짜장면은 얼추 망가졌다. 교세는 기울었고 신흥종교가 득세하고 있다. 더구나 교단 내 헤게모니에서 짬뽕에 밀렸다. 볶음밥과 함께 짜장면은 뒷방에서 손을 잡고 운다. 나는 그런 짜장면의 골방을 찾아다녔다. 불어터진 면과 먹을 수 없이 질기기만 한 성의 없는 면, 대충 만들어 미끌거리는 짜장 소스가 거기 있었다.

그래도, 내 일생을 바친 짜장면을 버릴 수는 없었다. 아니, 그가 아직은 우리를 버리지 않았다. 이 글은 그 탐사 기록이며, 옛 짜장면의 순애보다. 오랫동안 살아남아다오, 검은 늪아. 평생 빠져나오지 못할 기름지고 걸쭉한 짜장면아.

나는 왜 짜장면에 매혹되는가

나는 '짜장면 보이'였다.

짜장면이 1등이었다. 2등과 한참 차이가 나는 1등이었다.

나는 어느 글에서 짜장면은 위로의 음식이라고 썼다. 점심을 먹었는데도 또 먹을 수 있었다, 짜장면이라면. 모든 음식의 맨 앞에 있는 짜장면. 짜장이냐 짬뽕이냐 하는 선택 갈등을 수없이 맞닥뜨릴 때마다 나를 유혹하는 데 성공하는 짜장면.

왜 그랬을까. 나는 오후 서너시쯤 일이 풀리지 않을 때 중국집에서 짜장면을 시켰다. 짜장면을 기다리는 짧은 시간에는 난제를 풀 지혜(실은 꼼수)를 구상할 수 있었고, 면발에 장을 묻혀 흡입하는 순간에는 완벽하게 머리를 백지로 만들 수 있었다. 비워버려야 할 때 짜장면은 좋은 선택이었다. 오직 면을 비비고, 혀끝에서 하나하나 느껴지는 짜장에만 집중했다. 면발과 장의 풍미가 입안과 목구멍의 맛 감각 기관에 끼치는 화학적·물리적 자극으로 삶의 고통을 잊으려 했다.

실제로 그것은 매우 효과가 있었다. 도파민이 솟구쳤다. 중국집 주방장 아저씨가 짜장에 도파민을 몇 국자쯤 섞는 게 분명했다. 물론 그것을 당 공급과 관련된 인체 반응체계라고 간단히 설명해버릴 수도 있겠다. 그러나 짜장면은 그것 이상이다. 설탕과 미원과 탄수화물과 고기와 지방을 넘어서는 그 무엇, 정서적인 자극과 거의 종교에 가까운 복종이 그 한 그릇에 있다. 그래서, 죽었다 깨어나도 짜파게티는 짜장면이 아니며 집에서 내가 만든 짜장면도 짜장면이 아니다. 주문을 넣고, 단무지와 양파, 춘장이 깔린 탁자 앞에 앉아서 기다리는 나라는 존재가 있어야 진짜 짜장면이다.

예전에 노포 순례를 하면서 인천의 '신일반점'에 간 적이 있었다. 노포. 인천 신흥동에서 제일가라고 해서 신일반점으로 명명했다는, 멀리 동남아산 나왕 원목이 하역되고 곰표 대한제분의 제분기에 들어갈 미국산 밀이 부려지던 인천 부두가 보이는 신흥동의 명문 중국집. 옥상에서 된장을 담가 썼다는, 이제는 돌아가신 전설적 면장(麵匠) 임서약 옹이 있던 집. 그 집 한구석에는 직접 목공소에서 맞춘 오래된 검은색 탁자가 있었다. 그 탁자를 보는 순간, 나는 옛 기억을 소환할 수 있었다. 중국집의 탁자는 거의 모두 이러했다. 검은 페인트가 칠해진, 더러 두꺼운 비닐 커버가 씌워진 사각의 반듯한 탁자.

한국의 중국집에는 두 가지 색이 있다. 검은색, 빨간색. 중국인들이 좋아한다는 노란색은 그다지 기억에 없다. 가게 밖 명패와 마찬가지로 검정색과 빨간색이 중국집의 고유색이었다. 차범근이 1970년대에 활약하던 프랑크푸르트 축구팀 경기를 MBC는 흑백 녹화로 보여주곤 했는데, 그 팀의 유니폼 색깔이 컬러 잡지로 보면 블랙 앤드 레드였다. 그 옷을 보면서 기시감이 들었는데, 순전히 중국집 때문이라는 걸 깨닫고는 실소를 흘리기도 했다. 나는 '짜장면 보이'였다.

갓 대학에 들어가서 교통비와 점심값, 은하수 담배를 살 수 있는 330원을 포함하여 3천 원 정도를 어머니에게 받아서 다녔다. 더러 짜장면 정도는 먹을 수 있는 액수로 모자란 금액은 아니었다. 문제는 막걸리 값이었다. 막걸리 몇 잔을 마시면 짜장면을 먹을 수 없었다.

어느 날, 나는 놀랍게도 중국집 탁자에서 깨어났다. 막걸리에 취한 채였다. 아주 형편없는 수준의 짜장면을 내는 집이었다. 대충 만든 면에, 전분으로 양을 불린, 간혹 고기 대신 넣은 비계 따위가 씹히던 아주 저렴한 짜장면을 팔았다. 배고픈 청춘들에게 짜장면의 질은 그다지 중요하지 않았다. 언제나 학생들로 바글거렸다.

"이봐, 학생! 학생! 얼른 정신 차려."

사장님이 내 어깨를 흔들었다. 나는 직감적으로 어떤 상황인지 깨달았다. 내가 짜장면 그릇에 코를 박고 기절해 있었단 걸. 필름이 지지직거리던 만취 상태에서 나는 마치 김유신의 말처럼 중국집을 찾아갔던 것이다. 짜장면 곱빼기를 먹다가 취해서 고개를 박고 잠이 들었다. 얼굴에 짜장이 얼룩졌을 것 같아 손으로 더듬어보았는데, 그다지 심하지 않았다. 취중에 짜장면을 거의 다 먹어치웠기 때문이다. 그릇을 내려다보니, 쇼트닝이 허옇게 굳은 짜장 소스가 보였다. 접시에 코 박고도 죽는다는데, 나는 어떻게 살아난 것일까. 짜장이 아니라 우동이나 짬뽕이면 죽었을까.

짜장면을 먹을 때, 아쉽게도 이제는 더 이상 경건해지지 않는다. 탁월한 수준의 짜장면이 없어졌기 때문이기도 하겠고, 나이 들면 모든 게 시들해지기 때문일지도 모르겠다. 오랫동안 나는 짜장면 미치광이로 살았다. 짜장면을 먹는 순간은 미드 〈프리즌 브레이크〉의 미치광이 티백이 코를 열고 마약을 흡입하는 모습과도 상당히 유사했달까. 글쎄, 다른 어떤 음식으로 미치광이 같은 갈망을 표현하는 장면을 만들 수 있을지 모르겠다. 이탈리아인이라면 라구 소스의 탈리아텔레나 나폴리식 피자? 일본인은 아마도 라멘으로 그 열망과 경배를 표현할 수 있을 것 같다.

라드 없는 짜장면은 죽은 짜장면이다.

　인생의 많은 순간에 짜장면이 등장한다. 한때, 경향 각지에서는 짜장면 결혼 피로연이 꽤 많았다. 중국집이 피로연장이 되는 경우였다. 몇 가지 요리와 짜장면 한 그릇씩을 나눴다. 잔치를 베푸는 집에서 싸 온 떡과 김치를 돌리는 건 물론이었다. 서울에서 가장 유명하고 컸다는 을지로의 '아서원', 인천의 '중화루', 대구의 '군방각' 같은 호화 요릿집은 부자와 권세가들의 피로연장이 되곤 했다. 1960~1970년대의 일이다.

　박정희 정권이 가정의례준칙을 만들면서 돈 많이 쓰는 피로연장은 된서리를 맞았다. 그렇지 않아도, 호화 중국집 피로연은 뷔페를 갖춘 고급 호텔에 밀려 사라지던 추세이기는 했다. 그런 시대였지만, 지방의 자그마한 중식당 피로연은 조금 더 오래 살아남았다. 하객들로서는 빤한 동네잔치에서 돼지 잡고 닭 잡는 대신, 읍내나 시내로 나가서 짜장면 한 그릇 얻어먹는 게 더 흥겨운 일이었을 것이다. 지금도 시골 오일장에 가면, 장꾼 할머니들이 모이는 곳은 짜장면집이다. 짜장면 한 그릇 먹으러 별 볼일이 없는데도 장에 간다. 달고 고소하며 매혹적인 향을 가진 짜장면을 빼고 현대 한국사회와 한국인을 얘기할 수 있으랴.

어려서 중국집에 간다는 건 가슴 두근거리는 일이었다. 짜장은, 맛으로 완벽한 음식이다. 밀가루와 설탕이 도파민을 뿜어내게 하는 데다, 고온의 기름에 튀겨진 음식은 인간의 역사에서 가장 맛있는 음식으로 손꼽힐 자격이 있다. 치킨이 뭔가. 결국 튀겼기 때문에 승자가 된 것이다. 짜장면은 그 기름에 닭 대신 춘장을 튀겼다. 그리고 면을 함께 낸다. 이 면은 또 어떤가. 껍질을 잘 벗긴 하얀 밀을 가루로 빻아 반죽하고 다시 가늘고 길게 뽑아낸 면. 그 면이라는 존재에 이미 인간은 영혼을 빼앗긴다. 더구나 수타를 쳐서 최선의 물리적 효과를 낸다.

짜장은 온갖 미각적 요소를 더하여 반칙을 한 것이다. 완벽한 반칙. 그리하여 어린이들의 마음을 빼앗았다. 자식 입에 들어가는 음식이 무엇인들 갸륵하지 않을까만, 어린 자식이 입가에 짜장을 묻히며 면발을 빨아들이는 모습을 보는 부모들의 마음은 더없이 흐뭇해진다.

중학교 2학년 때인가. 친구가 "야, 짜장이나 먹으러 가자."고 했을 때 나는 크게 놀랐다. 부모님이 사주지 않아도 스스로 짜장면을 선택할 수 있는 녀석도 있구나 하는 충격이었다. 짜장면은 꽤 대가를 치러야 하는 음식이었고, 나는 가난했으므로 친구들도 대개는 가난했다. 그 친구가 얼마나 호방해(?) 보였는지 존경스럽기까지 했다. 다 먹고 난 짜장 그릇 위가 하얗게 변할 때까지 우리는 앉아서 여운을 즐겼다. 아, 그 시절까지는 짜장면에 라드를 썼다. 하얗게 굳는 동물성 기름을 말한다. 미군 부대에서 몰래 흘러 나오다가(감자튀김에 최고의 유지가 라드나 쇼트닝이었다.) 나중에는 국내 생산을 했다. 하지만 동물성 기름은 몸에 나쁘다는 인식이, 중국집 주방에서 돼지기름 종류를 몰아냈다. 요즘 짜장은 식물성 기름으로 만든다.

그것 때문에 중국집이 맛을 잃게 되리라고는 아무도 예견하지 못했다. 물론 중국집 주방장들은 알고 있었다. 당장 음식 맛이 덜해졌으니까. 요새는 라드를 쓰는 중국집이 조금씩 생기고 있다. 요리 재료 파는 큰 마트나 업자의 물품 리스트에도 라드가 등장했다. 삼겹살을 그렇게 많이 구워 먹으면서 돼지 기름이 나쁘다고 생각하는 건 흥미로운 코미디다. 아, 생각해보니, 학교 앞에서 사 먹던 케첩 뿌린 핫도그가 바로 라드나 쇼트닝으로 튀긴 것이었다. 핫도그 가게 주인이 설마 한두 번 튀기고 기름이 탁해졌다고 기름을 갈았겠는가. 그 핫도그를 그렇게 많이 먹은 전국의 청소년들은 대부분 건강하게 자라서 일흔 여든이 될 때까지 잘 살고 있다.

당구장 데스매치에는 짜장면 값이 포함된다.

　참 많은 짜장면을 먹고 살았다. 심지어 짜파게 티와 짜짜로니까지 합치면 내 몸의 3할은 짜장으로 이루어진 것 같다. 고등학교 때는 매점에서 400원짜 리 짜장면을 팔았다. 정식 중국집에서는 600원 하던 시절이다. 짜장과 양파를 어찌나 아꼈는지, 마치 싸 구려 야채수프 같은 농도의 희멀건 소스가 밀가루 냄새 풀풀 나는 면에 덮여 나왔다. 그래도 좋다고 신 나게 먹었다. 나는 짜장면은 나무젓가락으로 먹어야 제맛이라고 생각하는데, 매점에서는 늘 스테인리스 젓가락을 줬다. 그것부터 마음에 안 들었다. 단무지 는 몇 쪽 겨우 생색내듯 냈다. 장사니까 땅 파서 할 수는 없다. 그래도 어지간하게는 해줘야 하는 거 아 닌가. 억압과 파쇼 시대의 불쌍한 어린 학생들은 항 의 한마디 못했다. 그때 이미 반항적이었던 나는 단 무지 더 달라고 했다가 짜증 섞인 거절을 받았다. 다 짐했다. 이제 매점 짜장면을 먹지 않겠다!
　그러나 짜장의 유혹은 무서웠다. 먹고 싶었다. 결국 담을 넘거나, 위조한 외출증으로 정문 경비실을 통과해, 근처 중국집에 가서 정식 짜장면을 먹었다. 물론 나중에는 학교에 잘 가지 않았기 때문에 매점 짜장면을 먹지 않아도 됐고, 외출증을 위조하거나 "선생님께 허락받았어요." 같은 거짓말을 할 필요도 없었다. 짜장면을 먹고 싶을 때는 당구장에 갔다. 언제나 나랑 비슷한 아이들이 책가방을 팽개치고 당구를 치고 있었다.

그 시절 당구장은 살벌했다. 매일 내기 당구가 벌어졌고, 중간에 꼭 짜장면을 시켰다. 진 놈이 그것까지 엎어 쓰는 룰이었다. 즉 한 당구대에 어울려서 짜장면도 시켜 먹어가면서 당구를 친다. 지면, 게임 비용과 짜장면 값을 내야 한다. 배달원은 주인에게 돈을 이미 받아갔다. 당구비를 계산할 때 짜장면 값까지 다 내면 된다.

이때 돈이 없다. 당연하다. 그때는 대부분 누구든지 돈이 없었다. 돈이 없는데도 쳤다. 정말 흰자에 핏발 올려가며 이겨야 하는 데스매치다. 어떤 녀석은 2층 당구장에서 창문으로 뛰어내리다가 발목이 부러졌다. 게임비(짜장면 값 포함)가 없어서였다. 핸드폰도 신용카드도 없던 시절이었다. 돈 낼 사람은 당구장에 남아서 주인에게 언젠가 지불할 것처럼 보이려 애썼지만, 저놈이 언제 튈지 주인아저씨는 완벽하게 감시하고 있게 마련이었다. 녀석이 뛰어내리자 주인아저씨가 이렇게 외쳤다고 한다.

"야, 뛰지 마. 껨비보다 깽값이 더 나와, 인마!"

깽값이란 조폭 용어다. 치료비란 뜻이다. 그래도 좋은 사장님이었다. 고등학생 아이들이 당구 치다가 서로 싸우면 제법 살벌했다. 큐대로 치고받다가 누가 당구공을 날린다. 그거 맞으면 최소한 전치 4주다. 그래도 죽는 놈은 없었다. 던진 당구공에 맞은 벽이 움푹 파일 정도였는데, 공에 머리통을 맞은 놈은 못 봤다.

당구장은 늘 담배 연기로 가득 차 있었다. 담배를 입에 물고 공을 쳤다. 재가 당구대 바닥에 툭 떨어지면 손으로 쓱, 쓸어버렸다. 나사(당구대에 깔린 섬유)에는 불에 덴 자국이 간혹 보였는데, 담배 불똥이 떨어져서 입은 상처였다.

어쨌든 게임에 지고, 2층에서 뛰어내리지도 못한 놈에게도 기회는 아직 남아 있다. 다른 당구대의 패자를 기다리면 된다. 자신처럼 게임비와 짜장면

값, 심지어 담뱃값(솔 담배 500원)도 엎어 쓴 녀석이다. 누가 먼저랄 것도 없이 '결승' 제안이 들어가고 데스매치 게임을 한다. 어차피 둘 다 돈이 없다. 한 놈이 고통을 독점하는 게 낫다. 고통 분담은 그럴 때는 필요 없다. 당구대가 두 대 있으면 준결승부터 벌어질 수도 있다. 패자 네 명이 토너먼트를 하는 것이다. 결승이나 엎어 쓰기라고 부르는 데스매치를 말이다.

그렇게 오래 치다 보면 배가 고프다. 다시 짜장면을 시킨다. 물론 짜장면 말고 짬뽕이나 볶음밥을 시킬 수도 있다. 잡채밥 같은 고가의 음식은 시키지 않는 게 서로 예의다. 곱빼기는 허용된다.

"사장님, 3번 다이에 짜장 곱빼기 하나 짬뽕 곱빼기 하나요. 다꽝 많이!"

주인은 속사정을 뻔히 알면서 시켜준다. 나의 경우라면 두 번째 주문도 짜장면이었다. 운명의 승부 큐를 앞둔 순간, 시간을 너무 지체하면 야유를 받는다. 그러나 짜장면을 흡입하고 있으면 봐준다. 불으면 못 먹게 되니까. 불어버린 짜장면은 치욕이니까. 다들 짜장면에 존경심을 갖고 있던 시대였다. 미처 삼키지 못한 면발 한 줄기를 입 밖으로 삐죽 내민 채, 서둘러 큐대를 겨눈다. 픽, 하고 헛맞으면서 뻑사리(?)가 나고 놈은 마지막 엎어 쓰기의 희생물이 되고 말았다. 어느 창문이 잘 열리더라? 바깥에 ※ 표시가 있는 창이던가, 파란 당구공 붙은 창이던가?

여담인데, 그렇게 어찌어찌 도망쳐봐야 나중에 다 잡혔다. 당구장 주인아저씨가 하교 무렵 교문 밖에 서서 기다리거나, 아니면 교무실로 찾아간다. 담임 선생님한테 직격으로 가면 끝난다. 한 선생님은 그렇게 게임비를 내주시고, 학생에겐 돈을 청구하지 않았다. 역사를 가르치던 장 아무개 선생님이다. 학생을 불러서 조용히 말씀하셨다.

"배가 고프면 내게 전화해라. 중국집 사장님이 다녀가셨다. 너 많이 먹었더라?"

으흑. 당구장 주인아저씨는 결코 청소년 출입금지 시설이던 당구장에서 왔다고 밝히지 않았다. 그래야 주 고객인 학생들의 신망을 잃지 않는다. 다시 손님으로 맞으려면 말이다.

"수금에도 법도가 있어, 인마."

나중에 우리들에게 그렇게 말씀하셨다. 그래도 수금이 원활한 건 아니었다. 카운터 서랍 속에는 학생증과 시계가 늘 가득했다. 언젠가 가게를 넘기고 떠나면서 주인아저씨는 외상 장부를 없앴다고 한다. 미수 처리를 하신 셈이었다. 그 후 소식은 못 들었지만 시계포를 차리셨을 것 같다.

졸업하고 보니, 1980년대 말 전국교직원노동조합(전교조) 소속 교원 대량해직 사태로 난리가 났다. 모교의 전교조 선생님 숫자가 많을수록 명문 대접을 받았다. 과연, 우리 학교에도 많이 계셨다. 게임비를 내주신 그 선생님도 전교조 가입자셨다.

중국집에만 낭만을 남겨두라는 건 너무한 거 아니오?

옛날엔 중국집에 앉아서 먹지 않고 짜장 소스만 받아다 먹기도 했다. 그 편이 더 싸게 먹혀서 가계를 꾸리는 어머니들이 좋아했다. 물론 안 먹는 게 최고지만 그럴 수는 없었다. 짜장면이 100원 할 때 찌그러진 양은냄비 중국집에 가져가서 가득 받아 오면 50원이었다. 면이 없는 대신 소스 양이 아주 많았다. 집에서 찬밥에 비벼 먹으면 4인분은 족히 되었던 것 같다.

지금도 그때처럼 짜장 소스 파는 집이 있을 거다. 그런 집은 동네 장사에 이력이 난 노포가 많다. 점차 중국집과 우리의 거리가 멀어진다. 분명 동네마다 중국집이 여러 군데 있는데도 주인이 누군지 모르고, 대화 한번 해본 적 없다. 음식은 대개 배달원을 매개로 만난다. 지금은 배달원조차 비대면이다. 익명을 넘어 무존재를 증명하는 시대다. 사람은 없고, 짜장면과 지불만 남았다. 중국집 주인과 주방장을 아는 동네 사람이 드물다. 지방 작은 도시, 면소재지나 가야 서로 안부 묻고 아는 사이지, 도시에

서야 언감생심이다. 중국집은 이제 스마트폰 안에서만 존재한다. 식사 위주로 파는 배달 중국집은 큰 거리에서 볼 수가 없다. 월세를 감당하지 못한다. 저 멀리, 뒷골목, 아니면 2층, 아예 지하로 사라져갔다.

언젠가 이태원 근처 보광동의 한 건물 1층에서 차를 마셨다. 늦은 저녁이었다. 화장실이 어디 있나 하고 2층으로 올라갔다. 있긴 있었는데, 쓸 수 없었다. 중국집 주방장이 샤워를 하고 나오는 것이었다. 집이 없는지, 아니면 숙소를 구할 때까지 잠깐 지내는지 모르지만 중국집에서 먹고 자는 직원이었다. 홀 바닥에 스티로폼 침대(?)가 놓여 있었다. 쓸쓸한 이주노동자여. 그는 중국인 요리사였다. 요즘 중국집은 인건비가 안 맞아 중국인을 꽤 많이 쓴다.

중국집 주방장은 일이 많고 바쁘다. 격무다. 한국에서 나고 자란 화교 요리사는 이제 숫자도 얼마 안 되지만, 있어도 당연히 이런 인건비 싼 동네 중국집 혹은 배달 중국집에서는 일하지 않는다. 자기 가게를 하거나, 번듯한 요릿집에서 일한다. 짜장면에는 이제 낭만이 없다. 하기야, 어디서 낭만 찾나. 왜 중국집만 낭만을 남겨두어야 하고, 찾아오는 손님에게 서비스해야 하나.

어려서 중국집에 가는 건 다른 이유로도 가슴이 두근거리는 일이었다. 다른 언어를 쓰는 '외국인'을 만날 수 있는 유일한 곳이었다. 아, 간혹 깡총한 검정 바지에 반소매 와이셔츠를 입고 넥타이를 맨 노란 머리 미국인이 포교하러 돌아다니기는 했다. 그때 외국인이란 이런저런 인종이 통합적으로 존재하는 게 아니었다. 백인(미군 포함), 흑인(거의 미군), 중국집 아저씨들. 이렇게 세 부류가 다였다.

중국집 사람들은 엄밀히 말해서 외국인이 아니었다. '중국집 아저씨, 아줌마'였다. 외국인이라는 범주 밖의 어떤 존재였다. 한국어가 통하는데? 그런 말도 안 되는 기준으로 외국인 카테고리에 넣지 않았던 것 같다. 당시 중국집 화교들은 한국어를 잘 못하는 분도 많았다. LA, 뉴욕 등의 한인 집단지구에 영어 못하는 교민들이 많은 것처럼. 내 친구는 미국 신흥 교민사회에서 3년이나 있었는데, 영어를 한마디도 못한다. 아니, 할 필요가 없어서 안 배웠다고 한다. 화교들도 그랬다. 특히 학교를 제대로 다니지 않은 분들이 그렇다. 먼 이국에서 태어나, 중국인으로 살아왔다. 이제 그런 분들은 거의 돌아가셨거나 아주 노인이다. 그저 마음이 쓸쓸해진다.

중국집에 들어선다. 주렴을 걷거나, 함석을 댄 나무문을 밀고 들어간다. 훅, 끼쳐오는 냄새는 특정한 음식 냄새가 아니었다. 짜장, 짬뽕, 탕수육의 기름, 우동의 시원한 육수, 지져지는 난자완스, 양장피의 매운 겨자, 비릿한 달걀탕 냄새. 중국집 나무 탁자와 의자에서도 고유한 냄새가 났다.

배달통은 나무였다. 비가 오면 습기를 머금어 더 무거웠다. 중국집 어린 아들이 제 키보다 더 큰 짐자전거를 옆으로 서서 몰면서 배달을 나갔다. 핸들에는 양은주전자가 주렁주렁. 짬뽕이나 우동 국물이 들었다. 랩이 없을 때이니, 국물만 따로 담아서 갔다. 짬뽕 국물 더 부으라고 요구하는 배달 손님과 실랑이를 벌이는 것도 소년의 몫이었다. 그렇게 배달시켜 먹고 나면 늘 빈 그릇을 트리오로 깨끗하게 씻어서 내놨다. 1970년대는 그렇게 사라졌다. 중국집도 사라졌다. 진짜 중국집.

짜장면은 입-식도-위로 가는 게 아닌 것 같다. 입-뇌로 가는 듯하다. 먹으면 곧바로 행복해졌다. 이제는 행복보다 우울해진다. 뱃구레가 줄어든 탓에 사랑하는 곱빼기를 먹을 수 없어서, 집착과 열망을 이 한 그릇에 실을 수 없어서. 무엇보다 짜장면 맛이 변해서.

실망스러울 때가 많다. 카르보나라 스파게티처럼 면 위에 짜장을 덮어서 준다. 윤활하므로 빨리 먹을 수 있지만, 소스가 면을 우습게 본다. 눌러버린다. 면이 형편없어서 소스 밑으로 감추는 것 같다. 잘 볶아서 구수한 향이 나오도록 만든 짜장 소스가 아니다. 달고, MSG로 점철하여 혀를 순간만 속이는, 기름맛이 개운하지 못한 저질 짜장이 얼마나 많은가. 하향평준화는 수능 성적에만 붙이는 말이 아니다. 짜장면도 그렇다. 젊은 중식 요리사들이 궐기라도 해야 하는 거 아닌가. 면이 소스에서 허우적거리다가 젓가락으로 당겨 올릴 때 마지못해 소스를 묻힐 뿐이다.

이 불균형을 해소하기 위해 긴급 대안을 고민한 결과, 아주 중요한 발견을 했다. 대체로 배달된 짜장은 면과 소스의 합이 맞는 경우가 많았다. 어이없게도 면이 불으면서 소스와 결착력을 높여서 그렇다. 고도의 '계산'인가.

그릇 아래 흥건한 '짜장수'가 있을 때 난감함이란. 잘 털어내지 않은 면의 수분이 소스와 대충 한가롭게 뒤섞여 있는 한심함이란. 이럴 때 땜빵 수습책이 없는 건 아니다. 단무지 찍어 먹는 춘장을 반 숟갈쯤 풀고 농도와 점도를 상승시킬 수 있다. 다만 고염도를 감당해야 한다. 나는 고혈압이고, 그까짓 짜장수 농도 제고를 위해 건강을 해치고 싶진 않다. 계산할 때 내 표정을 직원이 자세히 보지 않길 바랄 뿐이다.

좋다. 사라져버린 낭만은 이제 없어도 된다. 하지만 짜장면은 제대로 만들어보자. 혹시 '짜파게티보다 못한 짜장면'이란 말 들어봤나. 아니, 당신도 어떤 짜장면을 먹으면서 그런 기분이 들 때가 있지 않았나.

* * *

　여담이다. 몇 해 전부터 내가 짜장면집을 한번
제대로 해봐야겠다고 생각해왔다. 연구도 많이 했
다. '당신'들이 안 하면 내가 해야겠다. 사정은 나도
안다. 그래도 해야 하는 거 아닌가. 짜장면이 이 땅
에 온 지 얼마나 되었나 헤아려보니 대략 130년은
된 것 같다.

부원반점이 문을 닫았다

짜장을 끓일 때는 절대 한눈팔지 마라.

짜장은 영물이어서 복수할지도 모르니까.

"형, 죽이는 집이 있다네요. 부산진이랍니다."

미스 부산 진이라고?

"아, 형. 왜 이래. 부산진이요, 부산진."

그래 알어, 인마.

우리는 이름하여 짜장면 추적단이다. 엄밀히 말하면 면 추적단이다. 소스는 크게 기대하지 않는다. 옛날 소스라는 건 이제 어디에도 없으니까. 그 얘기는 차차 하자. 면이라도 제발 제대로 된 걸 먹어보자, 이런 욕망으로 뭉친 그룹이다. 그래봤자 딱 두 명이다. 어디서 좋은 면을 낸다고 하면 지옥 끝까지라도 간다. 부산이며 광주, 대전, 익산, 인천에 일본과 중국, 홍콩까지도 가봤다.

부산 진구 어느 한적하고 오래된 주택가. 철길 옆에 자그마하고 허술한 중국집이 하나 있다. 실제 가게 이름을 부르는 대신 '부원반점'이라고 하자. 중국음식을 파는 식당을 뜻하는 표현은 여럿 있다. 그냥 중국집, 중화요릿집, 중국식당, 짜장면집. 심지어 '짱깨집'도 있다.

왜 중국집일까. 일본 음식 판다고 일본집이라고 안 한다. 스파게티 팔면 이탈리아집이라 부르나. 노노. 중국집은 민족적 정체성과 관련 있다. 중국인이 사는 집이란 뜻이며, 그런 집은 으레 중국식당이기도 했다. 한국 거주 화교는 1960~1970년대까지만 해도 다수가 식당업에 종사했다.

중국인들이 한반도에 들어온 건 장사 때문이었다. 공식적으로는 1884년 이후다. 비단이 대표 품목이었다. 점차 인적 유입이 많아졌다. 석공, 철공 같은 기술자들이 들어오고 막노동자와 요리사도 유입되었다. 석공, 철공 얘기는 따로 하지 않을 테니 짧게 언급하자면, 한국의 주요 근대 건축물(석조 건물) 다수는 중국인 기술자가 벽돌 쌓고 작업했다고 보면 틀림없다. 명동성당 같은 문화재도 마찬가지다. 쇠를 다루는 주물 기술자도 많았다. 우리가 잘 아는 왕육성 셰프의 부친이 바로 주물 기술자였다. 화교들은 그렇게 한반도에 들어와 1940년대 후반까지 살아왔다.

그때! 사건이 터졌다. 1949년, 그 화교들의 본국인 중국에 사회주의 정권이 들어선 것이었다. 우리가 한때 중공(中共)이라고 불렀던 건 정식 국호가 아니다. 중국 공산당이라는 뜻이다. 사회주의 정권이 들어선 것이 우리와 무슨 상관이냐. 관계가 깊다. 우리는 자본주의, 그쪽은 사회주의. 강력한 적이다. 교류가 끊어졌다. 화교들은 고향에 갈 수 없게 되었다. 무역도 중단되었다. 본토 무역에 종사하던 화교가 큰 충격을 받았다. (비단 장수 왕서방은 홍콩이나 대만으로 수입처를 다양화해야 했다.) 그렇다고 한국에서 사업을 제대로 할 수도 없었다. 박정희 정권은 화교의 토지 취득, 사업자 개설 등을 억제했다. 생존하기 위해서는 웍과 칼을 잡는 것이 가장 빠른 길이었다.

화교 숫자가 늘고 그 커뮤니티 안에서 중국집 과당 경쟁이 벌어졌다. 경쟁을 피해 새로운 시장을 개척해야 했다. 전국의 대도시 변두리, 작은 읍 단위, 면 단위에도 화교가 들어가 식당을 열었다. 짜장면, 탕수육 같은 이국적 중국요리가 크게 인기를 끌었다. 알다시피 우리의 중국집 추억은 그렇게 시작되었다. 중국인이 사는 집, 곧 그들이 하는 식당. 그

것이 중국집이라는 말로 고착화된 것으로 보인다. 중국집이라는 단어에 화교 차별 역사가 담겼으므로 쓰지 말아야 한다는 주장도 있다. 어떤 이는 오랜 호칭이니 그냥 부르는 게 어떠냐고도 한다. 나는 일단 이 책에서는 중국집이라는 용어를 같이 쓰려고 한다.

그럼 중국집이란 말이 일반화되기 전에는 주로 뭐라고 불렀을까. 지나(支那) 또는 시나요릿집, 청요릿집이다. 일본은 중국을 '시나'라고 호칭했다. 차이나의 음차인데, 차별의 용어였다고 한다. 조선인이라는 말은 나쁜 뜻이 아닌데, '조센징'이라고 호칭할 때는 차별의 의미가 담긴다. 그래서 발끈하는 것이다. '조선족'도 중국의 공식 용어다. 그러나 한국의 일부 사람들이 호칭할 때는 대개 차별의 의미를 새긴다. 그런 차원이라고 보면 될 듯하다. 어쨌든 한국인에게는 오랫동안 '중국=청나라'였으므로 중국요리는 청요리였다.

그래서 부산진 지역의 중국집이 어땠는데. 기가 막혔다. 최고의 면 중 하나'였'다. 그런데 왜 과거형인가. 사연이 있다.

"형, 부원반점이 문을 닫았다네요."

뭐? 진짜. 으허허허헝. 한반도 중화요리 역사 130여 년에서 최고의 면은 아닐지 몰라도 당대 일등급 면을 내는 집이 없어졌다니. 이게 무슨 일인가. 부산에는 추적단의 무급 특파원이 한 사람 있다. 부산영화제 활동가인 친한 지인이다. 묻지도 않았는데 그분에게서도 카톡이 온다.

— 부원반점 문 닫았음. ㅠㅠㅠㅠㅠ

그렇구나. 기억을 되살려보니, 그 집에서 식사하고 나오면서 우리가 뱉은 탄식은 이랬다. "언제 닫을지 모르는데 자주 오자." (언제 죽을지 모르니, 살아 있을 때 내 가족 친구에게 잘해주자, 여러분.)

그렇다. 이곳은 분식집 수준의 아주 작은 중국집이다. '성지순례단' 같은 블로거며 유튜버들은 찾아오지 않았던 집이라서 조용하다. 내가 갔을 때는 동네 아저씨 둘이 조용히 탕수육에 소주를 한잔하고 있었다. TV조선에서는 영탁과 임영웅이 리듬을 타며 아주 신이 났다. 홀 보는 나이 든 아주머니가 흘 끗 우리를 쳐다본다.

'너희들 외지인이지?'

이렇게 묻지는 않았다. 눈빛 0.5초로 제압한다. 외지인들은 귀찮아. 여기 국룰을 모르니까.

'제발, 이 집에서 잘하는 게 뭐죠?'라고 묻지 마. 외지인들은 꼭 그런다니까.'

이렇게 말하는 것만 같았다. 아주머니가 TV조선과 우리 일행을 번갈아 보면서 보여준 눈빛이 그랬다.

"간… 간짜장 돼요?"

바보 같은 박찬일. 얼어서 말을 더듬었다. 그럼, 간짜장면 안 되는 중국집도 있나. 화면에서는 영탁과 임영웅이 고음을 타고 넘느라 목울대가 섰다. (솔직히 말하면 나는 두 사람을 구별할 줄 모른다.)

아주머니는 늘 나오는 건 아닌데, 손님이 많은 점심시간에는 계시는 모양이다. 할아버지 혼자 할 때도 있다. 면 뽑고(그렇다! 수타면이다!), 짬뽕 볶고, 탕수육 튀기다가, 계산도 하고 그런다. 면 뽑는데, 할아버지 주방장의 체력이 힘겨워 보인다. 한 뭉텅이의 반죽을 내리칠 때마다 헉헉, 숨이 가쁘고 벅찬 호흡이 홀까지 들린다. 반죽이랑 한판 붙는 모양이다. 힘이 있어야 반죽이 살고 탄력이 오른다. 노인에게는 쉬운 일이 아니다. 인터넷에서 아무리 검색해봐도 이 할아버지의 요리 장면을 찍은 사진이나 블로그가 없다. 들여다보는 걸 싫어하신다. 좁고 누추하다고 그러시는 거다.

그래도 힐끗 주방 안쪽을 들여다보았다. 나는 짜장면 추적단이니까. 놀랍게도 '쎄멘 공구리(콘크리트 시멘트)'로 아궁이를 빚어서 가마솥을 얹어놓았다. 아래에 프로판가스를 삽입하는, 1970년대 식당 부엌에서 간혹 보이는 방식이다. 이제는 다 금속제 가스레인지로 바뀌었는데, 이 식당에서는 전설의 아궁이를 쓰고 있는 셈이다. 알 만하다. 앞으로 얼마나 더 하겠다고 고치겠느냐, 이런 뜻이다.

주방 안의 주방장 할아버지를 보았다. 등 돌리고 일하고 있어서 얼굴은 보이지 않았다. 평생 웍을 놀린 팔뚝이 눈에 들어왔다. 잔근육으로 섬세한 굴곡을 만들어내고 있는. 그는 뭔가를 볶고 있었는데, 등허리께가 조금 굽었지만 평생 노동한 이들이 그렇듯이, 단단하고 짱짱했다.

그 부원반점이 문을 닫았다. 꿈처럼.

군대가 괴로운 것은 부대 내에 짜장면집이 없기 때문이다.
교회도 절도 있는데….

"아, 부원반점 사모님 되십니까."

전화를 걸었다. 앞서 무급 부산 특파원이 현장
에 가서 폐점한 사진을 찍어 보냈는데, '임대'라는
글자 밑에 핸드폰 번호가 있었다. 전화기 너머로 아
주머니의 목소리가 들린다. 홀에서 몇 번 뵈었던 그
안주인이다.

"저, 저는 여차저차한 면 추적단이며 여차저차
해서… (김상중 톤으로) 그런데 말입니다. 가게 명패
를 제게 넘겨주실 수 있을까요?"

명패 또는 간판이라고 부르면 되겠다. 루패라고
도 한다. 중국집 이름이 '○○루'인 경우가 많기 때
문이다. 보통 중국집 밖에 세로로 거는 나무 간판을
말한다. 내 기억으로 중국집들은 대개 검은 바탕에
붉은색, 아니면 반대로 붉은 바탕에 검은색으로 상
호를 썼던 것 같다. 이 집은 검은 바탕에 흰 글씨로
되어 있다.

굳이 내가 명패를 넘겨달라고, 아니면 팔아달라

고 한 건 별다른 이유가 없다. 저 가게가 팔리면, 수십 년 세월이 담긴, 내가 사랑했던 중국집의 역사가 허무하게 사라져버릴 것 같은 불안감 때문이었다. 철거 노동자가 와서, 가차 없이 나무 명패를 부수어, 가게에서 나온 폐기물과 함께 버리겠지. 단지 나는 그걸 참을 수 없었던 것 같다. 그냥 그 때문이었다.

명패는 전혀 고급스럽지 않았다. 검은 칠을 한 평범한 나무에 빨간색 어깨 장식을 드리우고 외형에 세로쓰기로 '中華料理 부원飯店'이라고 적혀 있었다. 흥미로운 건, 자세히 보면 '부원'이라는 한글 안에 '新龍'이라는 한자가 음각되어 있다는 점이었다. 말하자면, 이 명패에 새겨진 이름은 원래 '신룡반점'이었다가 '부원반점'이 된 것이라고 봐도 될 듯하다. 이렇게 추정만 하는 이유는, 내가 물어봐도 주인아주머니가 별다른 대꾸를 하지 않았기 때문이다. 별시답잖은 걸 묻는군, 그런 표정으로 뭐라고 중얼거리고 말았다.

왜 아니겠나. 나라도 그랬겠다. 신룡반점이든 부원반점이든 맛있게 짜장면 뽑고 탕수육 튀기는 게 중요한 일 아니겠는가. 그래서 나도 더 묻지 않았다.

여담인데, '신룡반점'은 포털에서 검색되지 않는다. '신용반점'은 대구와 구미에 하나씩 있긴 한데, 이 집과는 아무 상관이 없어 보인다. 갈수록 미스터리해지는 부원반점!

하여튼, 명패를 넘겨달라는 말에 주인아주머니는 조금 당황하기도 하고 약간의 호기심도 느낀 것 같았다. 뭐에 쓰려고 하느냐고 되물었으니까.

"아, 예. 그저 저는 짜장면 추적단, 아니 기록단을 하고 있습죠. 사라져가는 것을 지킨달까, 아니 사라진 것을 곁에 두고 애석해하고 슬퍼하는 상주랄까, 뭐 그런 심정입니다. 가게를 임대해서 파스타, 아, 아니 짜장면을 볶고 싶습니다만 그쪽으로는 기술이 없어놔서."

그이는 남편에게 물어보고 답을 주겠노라고 했다. 며칠 후 나는 더 기다리지 않고 다시 전화를 걸었다. 명패를 주시거나 파시라고 다시 말했음은 물론이다. 그러자 뜻밖의 얘기를 했다.

"아저씨가 어디가 부러져서 일을 그만둔 건데, 요새 다 나아서 심심해하시네요. 가게를 다시 열지도 모르겠어요."

아, 그렇다면 최상의 시나리오 아닌가. 명패 간판을 얻지 않아도 되고. 사실, 그걸 얻어다 어디에 두나. 여기까지가 2021년 4월 중순의 일이었다.

달걀 프라이 부활 운동은 중국집 주방장의 어깨를 갉아먹을 것이다.

그래도 나는 500원 추가금을 내고서라도 먹고 싶다.

부원반점은 할아버지가 주방을 혼자 끌어가면서도 수타면을 냈다. 한 번에 꽤 많은 양을 탕탕, 내려쳐서 면을 뽑아둔 후 주문 들어온 대로 짬뽕 국물과 짜장 소스에 버무려 냈다. 수타로 만든 면이라 꽤 쫄깃하지만 탄성이 과하지 않았다. 부드럽게 소스와 어우러졌다. 면 첨가제가 억누르는, 그런 면이 아니다. 하얀색의 소박한 면이 검은 짜장과 선명하게 대비되었다.

알다시피 부산에서는 간짜장면에 달걀 프라이를 곁들여주지 않으면 안 된다. 달걀 프라이는 넉넉한 양의 기름에 튀기듯 만든다. 부쳐내는 게 아니라 튀겨낸다고 해야 맞다. 달걀 프라이 하나에도 우주가 있다. 황소 눈알처럼 선명한 노른자가 또렷하게 도드라지는 서니 사이드업, 노른자 위에 아직 익지 않은 투명한 흰자의 일부분을 슬쩍 끼었거나 뚜껑을 덮어 노른자를 어느 정도 익히는 오버 이지, 더 딱딱

하게 익히는 오버 하드…. 중국집 간짜장면의 달걀 프라이는 서니 사이드업 더하기 크리스피 에그다. 물론 주방장 취향에 따라 노른자를 조금 더 익혀서 내기도 한다.

문제는 간짜장면의 값이다. 이런 노고가 필요하지만 6,000원 넘기기 힘들다. 물론 물가가 서울보다 싼 부산 기준이다. 그러다 보니 달걀을 미리 부쳐두어서 식었거나 미지근한 놈이 올라오기도 한다. 그래도 감지덕지다. 서울에 온 부산러들의 음식 불만 중 하나가 바로 간짜장면에 달걀 프라이를 얹어주지 않는 문화다. 물론 좋은 돼지국밥도 없다. 순대에 쌈장 안 주는 것도 문제가 있지만. 근데 롯데는 언제 우승하나.

크리스피 에그, 우리말로 바삭 지짐 달걀? 하여튼 이걸 간짜장면에 얹어 받았는데 뒤로 넘어가게 감동할 때가 있다. 바로 갓 만들어서 흰자 부분이 올록볼록 요철로 튀어나와 있는, 나는 '파도치는 흰자'라거나 '엠보싱'이라고 표현하는 경우다. 이 요철은 금세 주저앉기 때문에 만나기 정말 힘들다. 작은 중국집, 식사 시간 전이어서 첫 주문이거나 당신이 최고로 단골이라면 만날 수 있을 거다. 사실, 크리스피 에그는 갓 만들었을 때는 문자 그대로 크리스피, 소리가 나게 바삭하다. 하지만 금세 눅눅해지고 질겨진다. 오래 두고 먹을 프라이는 낮은 불에 부드럽게 부치는 게 훨씬 낫다. 하지만 지져둔 후 시간이 지난 크리스피 에그, 아니 바삭 지짐 달걀이라도 간짜장면에 얹어 내면 맛있다.

바로 짜장 소스 덕분이다. 간짜장의 기름지고 진한 소스와 섞어 뭉개면 눅눅한 프라이가 소스의 맛을 훨씬 강하게 만들어주는 비방이 된다. 냉면에 얹어 나오는 달걀 반쪽은 언제 먹는가 하는 것이 논란(?)이 되곤 하는데, 부산 간짜장러들은 프라이를 언제 먹을지, 먹는다면 어떻게 먹는지를 두고 백분토론을 한다.

"팍팍 짤라가 간짜장에 서까 무야 맛있는데 와 따로 묵노?"

"아이다. 후라이만 살리가 따로 무야 맛있지, 짜장에 서까뿌모 후라이 맛 베리뿐다 아이가."

따로 해석은 하지 않기로 한다. 나는 프라이가 뜨겁게 갓 만든 것이라면 면보다 먼저 먹는다. 식어서 굳은 놈이라면 잘라서 천천히 섞어 먹는다. 아무래도 좋다. 프라이를 얹어 나온 게 어딘가. 제길. 서울의 중국집이여. 프라이를 부활하라. (인천에는 꽤 많지만, 서울에서는 겨우 몇 군데만 그렇게 한다.)

전분이 뭉쳐서 떡진 간짜장을 볼 때마다 나는 슬프다.

중국집이 영세화되고 망가지면서 생겨난 문제점을 모아보자. 물론 나의 주 서식지인 수도권 기준이다.

1. 수타면이 드물다. 더러 있더라도 대부분 짜장소스가 별로여서 수타면 효과 극감.

2. 그릇 옆면을 만졌을 때 기름기. 거 좀, 잘 닦읍시다.

3. 도대체 배달 짜장면 랩은 왜 이리 벗기기 힘든 것일까. (이건 짬뽕도 공통!)

4. 오이 안 얹어주는 집. 오이가 비싸거나 칼질하는 손이 모자라서 대신 슬쩍 등장한 게 깡통 완두콩인 것 같다. 색깔이 비슷해서? 이 부분은 노장 중화요리사에게 여쭈었더니, 오이를 주던 왕년에도 햇완두콩을 얹어주는 때가 있었다고 한다. 꼭 들어맞는 추리는 아닌 것 같다.

5. 통조림 그린 자이언트 옥수수는 사절이다, 진짜. 녹색 거인이라니, 헐크 생각이 난다. 헐크가 입

맛 돋우는 괴물은 아니지 않나. 알고 보면 통조림 옥수수가 요즘 유행하는 초당옥수수! 그것과 비슷한 종이다. 달고 알갱이가 작으며 말랑한.

6. 면 물기를 잘 털어내지 않고 담아서 소스랑 따로 논다. 먹고 나면 그릇 바닥에 묽은 소스가 흥건할 때도 있다. 쓸데없는 물기는 소스와 면이 서로 부드럽게 엉기면서 내는, 짜장면이 맛있어지는 유화(乳化)의 시너지를 갉아먹는다.

7. 달걀 프라이를 얹어 내기 힘드니까 대타로 나온 게 삶은 달걀일 거다. 그것도 원가 부담이 있어서인가, 메추리알 한 개 얹어주는 집도 있다. 안 주는 거보다는 낫다는 말도 있지만.

8. 양파 조금 주는 집. 좀 고급집이라고 짜사이는 주면서 양파와 단무지 안 주는 집. 나름의 정책일 테니 뭐라 할 수는 없지만 아쉽다. 그렇다고 짜사이 주면 더 정통인가 하면 그렇지도 않다. 원래 본토에서 짜장면은 반찬 없이 먹는 것이니까. 더구나 짜사이는 사천식 전채요리다. 반찬이 아니다.

9. 양파 비싼 시즌에 아주 작게 잘라주는 집. 차라리 주지를 말지.

10. 볶음밥에 짜장 곁들이로 주는 집. 기호 문제라고 볼 수도 있지만, 원래는 주지 않는 것이었다. 주지 않던 걸 주면 좋은 게 아니냐, 물을 수 있다. 그렇지 않다. 짜장을 주게 되면서 볶음밥이 부실해졌다. 대충 볶아도 짜장에 비벼지면서 결점이 감춰진다. 볶음밥의 순수한 맛이 사라진다. 짜장 없이 밥만 먹어보면, 간이 안 되어 있다. 짜장을 섞어 먹을 것을 전제로 간을 거의 하지 않는 것이다. 짬뽕 국물 주는 것도 달갑지 않다. 짜장과 짬뽕, 볶음밥까지 한꺼번에 먹는 건 마치 통영의 우짜면 같다. (우짜면 사장님, 죄송합니다.) 안 어울린다. 이건 죽어도 안 어울려! 피자에 스파게티 올려 먹는 것 같아! 설렁탕에 김치찌개 섞어 먹는 것 같아!

11. 아직도 식탁 양념통에 식초 대신 희석 빙초산 올려놓는 집. 전통이라면 할 말이 없다.

12. 간짜장면이 제발 간짜장면이었으면 좋겠다. 간짜장이 뭔가. 간은 마를 건(乾)이다. 물기가 거의 없게 바싹 볶는다는 뜻이다. 간짜장은 소스지만, 일반 짜장에 비해 '마르게' 요리한다고 해서 붙은 이름이다. 어떻게 보면, 간짜장이 원래의 짜장과 더 가깝

다고 할 수 있다. 전분을 풀지 않고 짜고 바특하게 조리하기 때문이다.

짜장과 간짜장 사이에는 주방장들의 내부 룰이 있다. 짜장은 미리 조리해두었다가 퍼서 내주는 것. 간짜장은 주문이 들어오면 그때 기름에 채소와 고기를 볶아서 내는 것. 물론 짜장은 미리 볶아(튀겨)둔 것을 쓸 수밖에 없다. 볶는 데 시간이 많이 걸린다. 오랫동안 원칙이 지켜졌다. 그러나 언제부터인가 룰이 무너졌다. 간짜장도 미리 조리해두고, 주문이 들어오면 양파나 다시 볶아서 섞어 내는 식으로 말이다. 심지어 짜장처럼 전분도 푼다.

짜장은 향의 요리다. 춘장을 기름에 볶을 때 피어나는 향은 식욕을 엄청나게 자극한다. 짜장 냄새는 마치 버터에 볶는 양파 냄새 같다. 서양인들은 이 냄새에 군침을 삼킨다.

장을 볶는 것은 대단한 요리다. 장이란 이미 감칠맛이 넘친다. 장이 익어가는 과정도 마이야르 반응의 일종이라고 한다. 고기 등을 불에 지질 때 생겨나는 맛 물질의 증폭 효과가 이미 장을 담근 시기에도 조금이나마 일어난다는 것이다. 거기에 그치지 않는다. 그 맛있는 장을 기름에 볶는다. 왕년에는 그것도 돼지기름에 볶았다. 놀라운 향이 퍼진다. 여기에 감칠맛 강한 양파를 볶고, 또 설탕을 쳐서 캐러멜라이즈 효과를 내며, 미원도 넣는다. 무적의 간짜장이다.

생각해보면, 짜장을 미리 볶아서 전분 풀어 끓여두는 행위가 짜장의 맛을 반감시키는 것이 아닐까. 주문이 들어오면 그때그때 분량씩 볶아야 하지 않을까. 아니 아니. 너무 무리한 주문이다. 볶음밥도 이제는 왕창 한 솥 볶아두고, 주문이 들어오면 빠르게 기름에 한 번 더 볶아서 낸다. 성의 없고 비양심적인 중국집은 그냥 기름에 '비벼서' 낸다. 한 술 뜨면 기름이 척척하게 흐른다. 볶음밥이 아니라 기름비빔밥이라고 나는 생각한다.

이런 일이 생긴 책임을 누구에게도 물을 수 없다. 대량생산, 정부의 간섭(짜장면은 경제기획원의 가격고시정책에 늘 압박받았다. 가격을 올리면 단속이 나왔다.), 중국인과 중국요리에 대한 비하 같은 것들도 짜장의 하향평준화에 영향을 주지 않았을까.

간짜장면 주문이 들어오면, 불을 올리고 기름을 가열해서 웍에 연기가 피어오르게 한 다음, 다시 기름을 넉넉하게 부어 온도를 좀 낮춰 고기와 춘장을 넣어 향을 이끌어내고, 양파와 양배추 등을 아삭하게 볶는다. 짜장면은 한 그릇에 내도, 간짜장면은 면과 소스 따로 그릇에 낸다. 손님이 단돈 몇 푼이지만 더 지불하므로, 고급에 걸맞은 대우를 했던 것이다.

오토바이 성능이 좋아지면 짜장 맛이 나빠진다고요.
폭주족도 알아요.

옛날엔, 짜장면 배달 권역이 있었다. 면이 붙지
않는 한계선을 가게마다 알았다. 주문 전화 받는 카
운터 앞에는 늘 커다랗게 축척 1,000분의 1쯤 되는
'관내지도'가 붙어 있었다. 자전거로 '나와바리' 커버
가 가능한 라인이 있었다. 바쁠 때니까 면이 붙고 국
물이 식어도 어느 정도 양해가 되는 라인도 있었다.

오토바이가 등장하면서 관내지도가 더 넓어졌
다. 축척 5,000분의 1, 10,000분의 1 지도를 기준으
로 달려가는 것 같다. 요즘 배달앱을 보라. 예를 들
어 역삼에서 수서 일원까지도 배달한다. 홍대에서
수색 화정까지 배달한다. 10km가 넘는 거리다. 옛날
배달 자전거라면 30분을 달려도 못 닿을 거리다. 권
역이 넓어진 대신 오토바이의 성능이 좋아졌으니 그
게 그거 아니냐고 할 수 있겠다. 틀리지 않은 말이지
만, 중국집의 몰락은 역설적으로 더 강력한 오토바
이의 등장 때문이라고 생각하는 사람이 많다. 원래
중국집이란 들어가서 먹기도 하고, 주인과 손님이

안면을 트고 지내고, 아는 집에서 배달도 시키고 했다. 권역이 빤했으니까.

배달 커버 지역이 넓어지니 누가 누군지 모른다. 배달이 돈이 되니 배달 전문집이 늘어간다. (또는 비싼 임대료, 인테리어 비용에 치여 배달밖에 할 수 없어서 그렇게 되기도 한다.) 품질이 저하된다. 속도가 우선이 되어버린다. 한때 고대 앞 중국집에 '번개'라는 아저씨가 있었다. 학교 안까지 오토바이를 타고 번개처럼 배달한다고 해서 유명해졌다. 아저씨가 성격도 쾌활해서 학교 명물이 됐다. 언론도 탔다. 나중에 프랜차이즈도 나온 걸로 기억한다. 개그맨 이창명 씨가 017 신세기 이동통신 모델로 나와서 "짜장면 시키신 부운!"을 외쳤을 때 인기가 대박이었다. 원한 건 아니었겠지만, 짜장면이 그렇게 희화됐다.

배달 권역이 넓어지니 면 품질에도 영향을 끼쳤다. 늦게 배달되는 경우가 늘어 면이 불어버리는 거다. 해결책이 나왔다. 고객이 원하면 '산업'은 해결한다. 예를 들면, 숯불은 전혀 쓰지 않았는데 고기에서 숯불 향이 난다. 고기, 해물, 버섯 같은 감칠맛 재료는 비싸서 못 쓰지만 감칠맛이 철철 넘친다.

면에도 이런 산업의 첨단 기술이 들어갔다. 이른바 면 개량제. 소다, 즉 탄산나트륨이다. 여러 이름으로 불리지만 간단히 말하면 일종의 알칼리 성분이다. 면에 이것을 넣으면 탄력이 죽지 않고 쫄깃하다. 그렇다. 쫄면에도 들어간다. 요즘 짜장면은 질기다 못해 고무줄 같다. 그게 대세이다 보니, 짜장면은 원래 그런 줄 아는 세대도 많다. 그래서, 악착같이 수타면 하는 부원반점 같은 집들이 존경스러운 거다. 허름해서 쓰러질 것 같은데도 손으로 뽑는 면에 감동하게 된다. 비효율의 효율, 무가치의 가치다.

부원반점에 처음 갔을 때 주방장 할아버지와 조우했던 게 기억난다. 계산을 마치고 주방을 들여다보는데, 마침 주방장 할아버지가 객장으로 나오던 참이었다. 그가 멈춰 서서 나를 응시했다. 지치고 피곤한 눈빛, 뭐 하러 이런 주방을 들여다보냐는 투의 약간 원망 섞인 그 눈빛이 오래 기억에 남아 있다. 그는 시장에서 파는 저렴한 등산복 상하의를 입었다. 타이트한 핏이어서 몸매가 드러났다. 노인이라고는 믿어지는 않는, 체지방이라고는 쥐어짜도 3프로나 겨우 될 것 같은 탄탄한 근육질이 상의 밖으로 드러났다. 밀가루 포대로 대충 100트럭분은 수타를 쳐냈을 근육. 수타가 만들고, 웍질이 완성한 이두박근, 승모근, 복근.

누가 그러지 않았나. 헬스해서 만든 근육은 금세 꺼지지만, 노동이 만들어준 잔근육은 잘 없어지지 않는다고. 인간의 노동이 탄생시킨 존경스러운 근육이라고. 몸 만들고 싶은 사람들은 매일 밀가루 한 포씩 반죽하면 된다. 다 되면, 나를 불러주시라. 짜장은 내가 만들어드릴게.

아, 참. 부원반점은 끝내 다시 열지 않았다.

중국집 주방장이 날리던 시절

화학식 $C_5H_8NO_4NaO_4$ 질량 169.111g/mol 녹는점 232℃, MSG 없으면 짜장이 안 될까.

짜장면은 억울하다. 어린 시절 우리의 마음을 빼앗던 신비로운 음식에서 그저 평범한 음식의 대명사가 되었다. 어디서부터 그리 된 것일까. 이 땅에 처음 짜장면을 가지고 왔던 화교 후손들과 관계가 있는 것일까. 짜장면보다 맛있는 것이 더 많아진 새로운 시대의 풍요 덕일까.

얘기하자면 길다. 다만, 시대의 변화에는 굳이 해명이 필요하지 않을 때도 있다. 강 상류에 놓인 바위 위치가 살짝만 바뀌어도 하류의 물줄기가 완전히 달라질 수 있다. 설계하거나 의도하지 않은 역사의 흐름이 짜장면의 위상을 바꾸었다고 해야 맞을 것 같다. 어쩌면 오토바이의 등장이 짜장면 품질 변화에 결정적인 변화를 준 건 아닐까. 아니, 그 이전에 배달 전용 검정색 짐자전거의 등장은 또 어떻고. 아니, 그 이전에 배달이라는 방식이 나온 것 때문은 아닐까. 음식은 식당 밖으로 떠나는 순간, 주방장 책임이 아니다. 온갖 변수가 개입한다.

짜장면은 자주 비난받는다. 그중 하나는 미원이다. MSG. 즉 엘글루탐산나트륨이 주력으로 들어간 상품 이름인 미원으로 쓰겠다. 짜장면에 미원이 많이 들어간다는 설이 있다. 의혹이 아니라 정설로 굳어졌다. 사실일까. 결론은 반은 맞고 반은 틀렸다. 적어도 내가 확인한 몇 가지 춘장 제품에는 들어 있지 않다. 그렇지만 짜장면에는 대부분 들어간다. 오죽하면, 내 지인이 '미원 안 들어가는 짜장면집'을 열었을까. 나는 미원에 반대하는 사람은 아니지만, 그 지인의 용감함을 지지한다는 차원에서 후원금을 조금 보냈다. 나중에 보니, 그 짜장면집 벽에 후원자 이름으로 떡하니 올라 있더라.

아는 중식 사부들에게 물어보았다. 몇 가지 흥미로운 대답이 나왔다.

"옛날에는 거의 안 넣었어. 미원이 얼마나 비쌌는데, 짜장 같은 대중음식에 넣었겠어? 짜장은 발효된 것이라 감칠맛이 충분히 나와서 굳이 넣을 필요가 없기도 했어. 물론 미원이 싸진 요즘은 넣는 경우가 흔해. 하지만 과거에는 분명히 짜장면에 미원을 안 넣는 것이 요리사계의 표준이었던 것 같아. 짬뽕에는 넣었지만. 짜장과 달리 짬뽕은 국물이 있어서 감칠맛 내기가 힘들어. 그래서 넣었지. 또 미원은 그냥 쓰는 게 아니라 재료 볶을 때 같이 넣어서 불에 지지듯 해줘야 맛이 산다고들 했어. 그게 과학적인지는 몰라도."

부연하자면, 요즘 짬뽕은 미원 양이 많아졌다. 감칠맛의 경쟁 시대다. 더구나 짬뽕에 많이 쓰는 동남아산 치킨스톡 제품에는 이미 다량의 미원이 들어가 있다. 마치 고깃집에서 많이 쓰는 유력한 된장 제품(미화합동 찌개된장)에 많은 MSG가 이미 함유되어 있는 것처럼.

왜 고깃집 된장찌개는 맛있을까? 하는 의문에도 어느 정도 답이 될 수 있다. MSG 고함량 된장을 사서 쓰면서 또 다시다와 미원 등 MSG 제품을 넣어 끓이는 경우가 많기 때문이다. 많은 고깃집 요리사들이 이런 제품 된장에 MSG가 이미 들어가 있다는 사실을 잘 모른다. 고깃집 된장찌개 맛이 뛰어난 이유에는 자투리 고기를 넣는 것도 포함된다. 고기를 다루는 집이니 손질할 때 구이용으로 쓰기 어려운

부스러기가 많이 나오고, 이것을 넣어 된장찌개 맛을 좋게 한다.

아무튼 주사(주방장을 뜻하는 화교 표현)들의 얘기를 계속 들어본다.

"옛날 중식 요리사들 사이에 퍼진 일화가 있어. '짜장에 미원을 국자로 들이붓더라.'는 말이 시중에 돌아서 억울해했다고 말이지. 실제 그럴 리가 없으니 우린 좀 황당하지. 그래서 추리를 해봤어. 금방 결론이 나오더라구."

"(침을 삼키며) 어떻게요?"

"짜장은 일단 오전에 만들어두잖아? 대량으로 준비해두었다가 면에 부어 나가니까. 국자로 넣는다? 그건 설탕일 거야. 1980년대 이후에 짜장이 점점 달아졌어. 1970년대에 설탕이 아주 싸졌거든. 기억해? 1960년대에 어머니가 설탕을 부엌 장 속에 귀하게 모셔놓고 쓰던 거? 설탕이 흔해지고, 단맛이 유행하기 시작했어. 공급이 되니까 유행도 오는 거라고. 설탕이 비싸면 달게 만들고 싶어도 힘들지. 큰 솥에 한가득 짜장을 끓일 때 국자로 설탕을 퍼서 넣어. 설탕이 하얀 가루니까 누군가 그걸 보고 미원 넣는다고 오해한 거야. 뭐 넣을 수도 있겠지. 하지만 미원이 얼마나 비쌌는데 그걸 어떻게 국자로 잔뜩 넣었겠어. 설사 넣는다고 해도 국자 하나씩은 절대 안 넣었지. 국자로 조금 푸는 걸 하나 가득 푼다고 오해했을 거야. 중화요리사들은 티스푼 하나 분량의 재료도 국자를 써. 국자로 그 양을 자유자재로 조절할 줄 알거든."

　　미원은 워낙 비싸서, 주방장이 아니라 주인이 관리하는 경우가 많았다. 주방장이 그날 필요량을 말하면 보관하던 책상에서 꺼내어 주는데, 용각산 통에 들어 있는 귀이개 같은 스푼으로 떠서 줬다는 말도 있다. 미원이 참 귀한 재료였다는 건 분명한 사실이다.

　　설탕은 현대사회에서 무슨 만병의 근원처럼 오해받지만, 실은 죄가 없다. 값이 싸서 지나치게 많이 쓰니까 문제다. 설탕은 한때 약으로 쓰였다. 조선시대 문헌에도 설탕이 등장한다. 당시 설탕은 중국 남부 지역의 귀한 특산물이었다. 조선의 역대 왕들이 중국 사신으로부터 설탕을 받았다는 기록도 있다. 우리나라 기후에는 사탕수수가 재배되지 않아 단맛을 낼 때는 조청이나 꿀을 썼다. 설탕이 얼마나 귀했겠는가.

설탕은 음식에 적절히 쓰면 아주 좋은 조미료다. 윤기가 돌고, 맛이 좋아진다. 특히 전체적인 양념이 서로 조화롭게 섞이도록 도와준다. 어떤 음식을 했는데 쓴맛이 돌고 이상할 때 설탕을 조금 넣어 보라. 감쪽같이 맛이 좋아질 때가 있다. 한식 조리기능사 자격증 시험에는 온갖 요리가 나오는데, 기본 양념이 있다. 간장 두 개에 설탕 하나 고춧가루 얼마 하는 식이다. 국가시험에서도 설탕은 공식(?) 양념이다. 설탕이 남용되고 음식이 너무 달게 된 것은 물론 문제다. 달지 않아도 될 음식에도 설탕을 '붓는'다. 이런 안이한 조리가 문제일 뿐, 적절한 설탕 사용은 죄가 없다.

설탕은 일제강점기에 오키나와와 역시 일본의 강제 식민지배를 받았던 대만, 남부 중국에서 생산되어 한반도에도 들어왔다. 6 · 25전쟁 후에는 미국으로부터 설탕을 받았는데, 점차 국내 생산기반이

갖춰졌다. 백설표 제일제당, 대한제당, 삼양제당 외에도 여러 회사가 있었다. 수입해온 원당을 정부가 배급하던 시절이었다. 곧 이 3사가 배급 전체를 장악하게 되었다. 제일 큰 회사는 백설표 제일제당이었다. 삼성그룹의 성장에 제일제당이 밀가루와 설탕으로 벌어들인 돈이 큰 뒷받침이 된 것은 물론이다.

곱빼기 있어서 얼마나 다행인가.

　요즘 시중의 일부 중국집에서 만드는 짜장면 레시피를 확인해보니, 또 달라졌다. 미원과 설탕을 아주 많이 넣는 게 일반적이다. 여러분의 의심과 소문이 거의 맞는 셈이다. 튀김용으로 쓴 기름을 짜장에 쓰는 경우도 많다. 튀김에 쓴 기름은 맛있다. 기름도 열을 가하면 맛이 강해지기 때문이다. 재료에서 여러 가지 맛 물질이 빠져나와서 기름에 섞이기도 할 것이다. 보이지 않는 주방 안쪽의 세계는 여전히 불투명하다.

　짜장 솥 얘기를 해보자, 중국집 주방장의 '곤조' 일화다. 곤조란 근성(根性)의 일본어 발음이다. 내가 알기론, 근성이라는 단어 자체가 일본식 한자어라고 한다. 일제강점기에 온 낱말이라는 뜻이다. 하여간 주방장 곤조라는 말이 지금도 회자된다. 성질 까다로우며 비위 맞추기 힘들다. 확률적으로 그렇다는 뜻일 텐데, 다른 여러 직업군도 주방장처럼 블루칼라로서 육체와 정신이 고달픈 경우는 대체로 곤조가 있다는 말을 듣는다. 이를테면 인쇄소의 기장(인쇄

기계를 다루는 전문가), 각종 건축 현장의 십장(여러 일꾼들을 감독·지시하는 상위 기술자)도 그렇다는 게 정설로 되어 있다.

악명 높은 중국집 주인이 있었다. 주방장과 사이가 나빴다. 어느 날, 주인이 주방장의 화를 돋웠다. 더 이상 참을 수 없어진 주방장, 아침에 만들어둔 짜장 솥에 소금을 왕창 쏟아붓고 가게를 그만두어버렸다는 전설이 내려온다. 그날 점심 때 판 짜장 맛이 어땠겠는가.

오래전의 짜장 만들기를 복원해본다. 유명한 중식 셰프 왕육성 사부의 말이다. 1954년생, 우리 나이로 예순여덟이다. 그의 부친은 톈진 출신이다. 그는 안동에서 태어나 자랐고, 그 또래 화교들이 그렇듯이 자연스럽게 요리사가 되었다. 1970~1980년대에 서울의 주요 요릿집을 거쳐서 1986년부터 코리나아 호텔 '대상해'에서 2013년까지 일했다. 2015년 '진진'을 창업, 미슐랭 원스타를 받았다. 무엇보다 업계에서 아주 신망이 두텁다. 덕망은 두말할 필요도 없다. 나도 그에게 늘 무언가를 부탁하고 얻는다. 물론 그의 기억이 전국 짜장을 대표하는 건 아니라는 걸 염두에 두고 들어보자.

"1960~1970년대의 기억이야. 우선 칼판에서 넘어온 돼지고기를 받아요. 주로 다릿살이 많고, 비계도 섞여 있어. 정(丁, 깍뚝썰기)으로 썰어. 비계도 기름 뽑으려고 웍에 가열하면 아부라기라고, 기름이 뽑히고 난 섬유질이 있어요. 이게 아주 맛있어. 튀긴 건 다 맛있을 때니까, 이것도 짜장에 넣어요. 그때는 양파가 비쌌어요. 철따라 무슨 재료든 다 썼지. 늙은 호박, 애호박, 무말랭이, 그것도 없으면 삶은 무를 넣기도 해요. 고구마, 감자, 양배추도 많이 썼어요. 요새는 거의 사철 일정한 채소가 있지만 그때는 제철에만 뭐가 나왔거든."

그렇게 볶아서 짜장을 냈다. 양은 많지 않았다고 기억한다. 당시 그릇을 사진으로 가늠해보니, 용적이 요새 그릇의 6할, 7할도 안된다. 높이가 낮은 평평한 접시다. 짬뽕 그릇도 그랬다. 1970년대 후반부터 중국집 그릇이 커지기 시작했다. 그때는 멜라

민이 비싼 재료여서, 사기 그릇이 더 많았다.

　"곱빼기 양은 1.5배 정도, 아니 그 이상. 가격은 아주 조금만 더 받았지요. 배고픈 사람에게 기회를 주는 겁니다. 짜장은 그때 물장사라고 했어요. 물짜장이란 말이 요새 다시 나오는데, 그게 전분 풀어서 만드는 짜장을 뜻해요. 다시 말하면, 전분 양에 따라 짜장 양은 고무줄이라는 뜻이에요."

　간짜장면도 인기 품목이었다. 채소는 일반 짜장면에 비해 세 배 이상 넣고, 소스는 미리 튀겨둔 짜장으로 볶았다. 전분은 섞지 않았다. 간짜장은 훨씬 짜고 뜨겁고 기름기가 강하고 자극적이다. 주문이 들어오면 그때서야 고기를 볶았다. 요새는 거의 만들어둔다. 짜장의 순수의 시대도 사라져버린 것이다.

　"달걀 프라이 얹어주는 간짜장면 얘기를 많이 하잖아요? 부산에서는 그런다고. 그때는 서울에서도 얹어줬어요. 어떤 집은 지단을 부쳐서 올려주기도 했어요. 지단 부치기는 중국요리에서도 중요한

기술이거든. 달걀 말아서 안에 소를 채워 내는 자춘
권이라고 있지요? 요새는 거의 볼 수 없는. 그것도
지단을 만들어야 하잖아요. 어쨌든 달걀 프라이는
빨리 사라졌지. 배달집이 대세가 되면서."

일반적인 짜장면, 간짜장면 말고 나중에 히트친
게 쟁반짜장면이다. 이것은 생긴 지 오래되지 않았
다. 한 요리사가 남은 짜장 소스를 그냥 면에 얹어내
지 않고, 채소와 고기, 해산물 등을 추가해서 한 번
더 볶아냈다. '쟁반'이라는 물리적 성격의 이름이 듣
기만 해도 푸짐한 것 같고, 고명도 해산물과 매운 고
추를 쓰는 등 신세대적인 해석이 더해졌다. 짜장은
변하는 것이다.

오래전 중국집에는 '4대천왕'이 있었다. 짜장면,
짬뽕, 덴푸라, 잡채다. 여러 기록을 보면 탕수육보다
덴푸라가 더 일반적이었고, 잡채가 덴푸라만큼이나
많이 팔렸다고 한다. 덴푸라는 튀김이라는 뜻의 일
본어인데 탕수육처럼 소스를 끼얹지 않고 양념한 반
죽 옷을 입혀 고소하게 튀겨낸 걸 말한다. 고기튀김

이라고도 부른다. 소스가 나오지 않으니 값이 좀 쌌다. 덴푸라를 시키면, 우선 한 사람당 하나씩 종지가 나오는데, 식초(빙초산), 간장, 고춧가루를 풀어서 소스를 만들어두는 게 손님 각자의 일이었다.

잡채는 한국 가정에서 일반적 음식이 되기 전에는 중국집에서나 사 먹을 수 있는 요리였다. 1970년대 중후반 이후에 가정식, 잔치 음식으로 중요해졌다. 잡채의 주 재료인 당면은 화교들이 주로 경영하는 식품점이나 중국집에 납품되던 품목이었다.

4대천왕은 아니지만 짬뽕만큼이나 많이 팔리던 것이 우동이다. 우동은 중국 북방의 겨울 특식인 다루미엔에서 온 것이다. 한국에 들어온 다루미엔은 그 이름을 잃고 일본어인 우동으로 바뀌었다. 물론 스타일도 좀 바뀌었다. 육수에 버섯, 갑오징어, 고기 등과 시금치를 비롯한 각종 채소를 넣어서 시원하게 끓였다.

"우동 국물은 돼지뼈로 냈어요. 돼지가 통으로 들어오니까 뼈가 남잖아요. 육수를 많이 내요. 우동에도 쓴 거죠."

왕육성 사부의 설명이다. 계절에 따라 홍합도 넣고 달걀을 풀어서 완성했다. 1970년대 후반 이전에는 짬뽕보다 우동이 더 중요한 면 메뉴였다. 짬뽕은 매운맛을 중시하는 1980년대에 비로소 우동을 꺾고 국물면의 대표주자가 된다.

중국집 주방은 아수라 지옥도다. 하지만 음식은 천국이다.

현대의 양식 주방은 20세기 초까지 대활약했던 프랑스 요리의 아버지 오귀스트 에스코피에가 만들어둔 방식대로 운영한다. 그는 파트별로 담당 요리사를 두고, 그 밑에 요리사를 배치하는 방식으로 주방 구성을 현대화했다. 이런 주방을 만들어서 애피타이저부터 앙트레-메인-디저트로 이어지는 현대식 요리 구성을 선보였다. 그전에는 '그냥 테이블에 요리를 산처럼 쌓아놓고' 먹는 중세 영주의 파티 방식이었다고 한다.

"자, 다들 먹세!"

영주가 외치면 하인들이 산더미처럼 쌓인 테이블에서 송아지며 공작이며 거위와 돼지를 부위별로 잘라서 참석자에게 서빙하는 방식이라고 하면 되겠다. 그렇게 보면, 그 시절 서버들은 제주의 관혼상제에 맹활약하는 '도감'과도 비슷하다. 도감은 돼지를 잡아서 삶은 후 부위별로 골고루 맛볼 수 있게 배분하는 능력을 가진 자로 존경받았고, 지금도 제주 곳곳에는 도감이 존재한다. 하여튼 에스코피에가 현대

서양 요리의 아버지였다. 그가 얼마나 유명했는지 요리사로서 세운 공을 인정받아 정부로부터 명예로운 레지옹도뇌르 훈장을 받았다.

현대 양식은 그런 식으로 주방의 임무를 나눠서 전문성을 부여한다. 즉 수석셰프-수셰프-각 파트의 셰프-파트의 보조 셰프 등으로 이루어진다. 수석셰프가 되려면 각 파트를 다 돌아서 완벽하게 이해해야 한다. 물론 수석셰프 밑의 수셰프에게도 그 정도 수준을 요구한다. 수석셰프와 수셰프의 차이는 '기술'이 아니라 '영업과 통솔력'에 있다고도 할 수 있다.

그냥 동네 밥집은 이런 거 없다. 아줌마 1, 2, 3…. 그 안에서 각자 임무를 나눈다. 아줌마라는 용어가 불편할 것이다. 내가 이렇게 쓴 이유가 있다. 요리사로 자존감을 느끼며 일하는 분들이 적다. 본디 그렇게 사회적으로 탄생한 것이 밥집과 실비집의 여성 요리 노동자들이다. 그들도 당연히 셰프들이다. 그러나 그런 자각을 갖도록 훈련받지 못했다. 호텔의 3만 원짜리 국밥은 '셰프'가 만든다. 하지만 호텔보다 더 맛있는 국밥을 만드는데도 동네 식당의 그이는 그냥 '아줌마 1'이다.

고기 파는 규모 큰 한식당도 조직 구성이 아주 보수적이다. 주방장-육부장-탕부-찬모-밥모 등으로 구성된다. 큰 한식당은 고기를 팔아서 이문을 내기 때문에 육부장은 주요 보직이다. 대개 남자가 권력을 쥔다. 육부장이 여자인 경우를 본 적 없다. 여자는 찬모나 밥모다. '모(母)'로 끝나는 말은 조선시대로 거슬러 올라간다. 관청이나 식당에서 일하는 여성을 찬모라고 불렀다. 궁에도 찬모가 있었는데, 역시 보조자였다. 신분은 대개 노비나 중인 정도였다. 어쩌면 식당은 아직도 조선시대를 살고 있다고도 할 수 있다.

  냉면집도 고유한 주방 인력 구성이 있다. 보통 누름꾼-발대꾼-앞잡이-고명꾼으로 구성된다. 잡일하는 보조 '중머리'도 몇 명 둔다. 누름꾼은 국수틀을 강하게 눌러 면을 압출하는 자다. 발대꾼은 압출한 면을 재빨리 발대로 잘라서 휘저어 삶는 자다. 발대란 대나무발을 의미하는 작대기다. 앞잡이는 면을 찬물에 헹궈서 타래를 지어 그릇에 담는 자다. 고명꾼은 이런저런 고명을 얹는 자다. 적어도 150년 전에 이런 보직 구성이 생긴 것으로 추정된다.

흥미로운 건 지금도 거의 똑같다는 거다. 누름꾼의 일이 줄어서 발대꾼이 같이 하는 경우가 많다. 수동식 국수틀이 전동 기계로 바뀌어서 힘주어 누르지 않아도 국수가 쉽게 뽑혀 나온다. 노즐 아래 삶는 솥이 설치되어 있어서 탄력이 적은 메밀면이 부서지거나 달라붙기 전에 재빨리 삶도록 설계되어 있다. 큰 냉면집에는 설거지꾼과 보조를 합쳐서 주방 인력만 열 명이 넘는 경우도 있다. '우래옥' 같은 집이 그렇다. 물론 냉면 말고도 고기도 팔고 하기 때문에 일손이 많이 필요하다.

그럼 중국집은 인력이 어떻게 구성될까. 한국인이 중국집을 경영하게 되면서 한자어가 거의 사라졌고, 약식으로 바뀌었다. 불판-칼판-면판-아라이. 이게 기본이다. 불판은 우리가 짐작하듯 불을 다루는 요리사다. 칼판은 온갖 재료를 칼로 써는 요리사다. 면판은 면을 뽑는다. 아라이는 일본어에서 온 말이다. 설거지란 뜻이다. 이렇게 간단히 말하고 보니, 막막하다. 그게 전부야? 물론 아니다. 이들 주요 보직 간에 복잡하고 묘한 관계망이 있다. 하지만 요즘 배달집이나 작은 중국집을 기준으로 하면 아주 간단하다. 불판이 왕이다. 현대의 중국집은 볶는 요리가 대부분이니까. 칼판은 재료를 손질하고 써는 일인데, 딱 봐도 불판의 보조다. 아주 작은 집은 불판이 칼판도 하고, 아라이 직원이 칼판을 도와 썰기도 한다. 아예 혼자 하는 집도 봤다. 불판 겸 칼판 겸 면판 겸 아라이다. 튀기는 요리가 많아지면서 튀김장이라는 보직도 생겼다.

　왕년에는 그럼 어땠는데? 다시 왕육성 사부에게 물어보았다.

　"당연히 쏴완부터 하는 거예요, 쏴궈라고도 해요."

　'쏴완'은 한자로 씻을 쇄(涮) 그릇 완(碗)을 쓴다. 화교들이 거주하는 지역마다, 가게의 역사에 따라 부르는 이름이 다르다. 인천에서는 솥 과(鍋)를 써서 '쏴궈'라고 했다. 온갖 잡일과 설거지를 한다. 요즘은 대개 손질된 재료가 주방에 들어오지만, 과거에는 돼지도 통으로 들어오고 마늘이며 양파 같은 재료들도 흙 묻은 채로 들어왔다. (양파와 마늘 까는 일도 요즘은 거의 없어졌다. 다 까서 들어오기 때문이다. 양파는 껍질 양파를 일부러 사는 경우가 있지만, 적어도 마늘은 다 깐 마늘을 쓴다. 마늘 까는 일은 참 고달프다.)

"중국집 규모마다 다른데, 작은 중국집은 그냥 '삼부요인'이라고 불렀어요. 불판, 칼판, 면판 셋으로 구성되는 거예요. 여기에 쇠완이 있을 수도 있고. 좀 큰 집은 불판도 여러 명이에요. 더우훠(頭火), 얼훠(二火), 산훠(三火). 이렇게 부르면 세 명이 불판이에요."

요즘은 만두를 직접 빚고 수타를 치는 집이 없기 때문에 면판이 유명무실해졌다. 원래는 아주 중요한 일이었다고 한다. 물론 대개는 불판이나 칼판보다 아래 직급이었다.

면판이 끝내주게 중요하던 시절이 끝났다. 면도 만두도 사 온다.

중국집의 화양연화도 끝난 건가요.

면판은 면만 하는 게 아니라 석탄이나 연탄 때는 부뚜막을 관리하고, 거기에 데치고 찌는 일을 같이 하기도 했다. 앞서 말했듯이 옛날 식당은 일일이 손으로 하는 일이 엄청 많았으니까.

"흔히 중국음식은 불에서 멀어지면 맛없어진다고 하지요. 불판이 왕이고 칼판이 그 밑이라고 생각하죠. 과거에는 아닌 경우도 많았어요. 인원이 줄고 불에 볶고 튀기는 요리가 대세여서 그렇게 변했어요. 칼판이 더 높은 경우가 있었죠. 칼판장이자 주방장인 사람도 많았던 거예요."

주인과 함께 장을 보는 것도 칼판이다. 시장에 싱싱하고 좋은 게 있으면 그날의 메뉴로 삼기 때문에 그날그날 메뉴가 달라진다. 준비된 재료로 무얼 요리할지 결정하고 불판, 면판과 공조하여 통제하는 게 칼판의 일이다. 불판이 쓸 재료를 정리하는 일도 당연히 하지만, 메뉴 짜고 주방 운영을 담당하는 것이 칼판장이었다.

"칼판이 워낙 중요하니까 칼판도 1, 2, 3, 4 식으로 여러 명이 서열대로 일했어요. 그러다가 냉동 재료가 많이 나오고 냉장고가 생기고 하니, 메뉴가 고정되기 시작했어요. 그러니 칼판의 비중이 줄어들죠. 당연히 불판으로 권력이 넘어갔어요. 그냥 볶고 튀기는 요리가 중국집의 대세가 된 거죠."

돼지도 한 마리씩 통째 들어오던 시절이었다. 요즘처럼 부분육을 주문해서 쓰지 못했다. 그날그날 요리에 맞춰서 부위별로 잘 나누고 칼질해야 했다. 돼지비계를 얻어서 기름을 충당했다. 안심은 무엇에, 등심은 무엇에, 다릿살과 목살, 삼겹살에 각각 맞춰 요리를 만든다. 칼판의 의지가 작동하는 시스템일 수밖에 없다.

해삼주스 같은 요리를 보자. 해삼주스는 해삼으로 만든 주스라고 생각하는 이가 많다. 한자를 보면 해삼주자(海參肘子)라고 써야 한다. 주자는 팔꿈치란 뜻인데, 사태나 허벅지살을 이르는 말이다. '저우지'로 발음한다. 누가 그렇게 이름을 바꿔 붙였는지 모르지만 꽤 성공적이었다. 해삼저우지라고 했으면 누가 기억이나 하겠는가. 돼지를 부분육으로 자르며 칼판에서 요리를 기획하게 된다. 오늘은 다릿살이 나왔으니 해삼주스를 조리해보자고. 돼지의 다리와 관절 부위를 푹 찌거나 삶아서 지진 후 오향과 육수로 조리한 소스를 끼얹어 낸다. 물론 해삼과 함께. 산둥은 해삼요리를 중국에서 가장 잘하는 지역이고, 산둥성 출신이 많은 한국의 화교 중국집은 이 요리를 꼭 팔았다. 이제는 해삼이 너무 비싸져서 어지간한 요릿집 아니면 팔지 않지만.

칼판의 몰락(?)이랄까, 불판 위에 칼판이 서기도 했던 시절이 끝난 건 냉장고 때문이라는 게 유력한 설이다. 당일 나오는 재료로 메뉴판 없이 운영하던 요릿집들이 인기 메뉴를 중심으로 사철 비슷한 메뉴판을 만들 수 있게 됐다. 주방 인건비는 덜 들고, 혼란도 줄어들었다. 높은 기술을 가진 주방장으로부터 자본을 가진 주인이 주도권을 가져갔다. 산업의 발달로 재료 가공기술이 발달하고, 공급과 가격 등이 일정하게 유지되면서 칼판의 위상 저하를 더욱 부채질했다.

　이것은 서양요리도 마찬가지다. 점차 메뉴가 고정되고 있으며, 전통적으로 장을 봐서 요리를 하던 방식에서 공장식 공급과 요리, 판매로 일원화되고 있다. 예전에 유럽의 식당에 가면, 그날 시장 재료로 준비된 메뉴를 웨이터가 직접 불러주었다. 이제는 그런 광경이 많이 사라졌다. 원래 봄에만 나오던 아스파라거스가 사철 나오고, 새우나 생선도 양식으로 항시 공급되며, 지구 반대편의 소고기가 냉장으로 날아오기 때문이다. 일식에 오마카세란 말이 있는데, 이게 실은 그냥 주인과 요리사 맘대로, 다시 말해서 그날그날 좋은 재료로 해주는 것을 믿고 시킨다는 의미다. 한국에서는 요즘 한우에도 오마카세라는 말을 쓰는데, 공장식 고정 메뉴에 대한 반발과 새로운 것을 찾는 소비자 기호가 맞아떨어진 마케팅 방식인 셈이다. 칼판이 과거처럼 작동하던 시절에는 곧 중식도 오마카세였던 것이다.

엄청 뜨거운 꿀물 줄줄 흐르는 화덕구이 호떡 딱 한 장만 다시 먹을 수 있다면 영혼도 팔겠다.

짜장면의 한반도 도래에 대해 잠깐 얘기했는데, 조선으로 오는 화교들이 점차 늘면서 인천을 떠나 서울로 많이 이주했다. 이들이 규모 있는 중국요릿집을 하게 된 건 더 나중의 일이다. 처음에는 간단한 음식점이나 호떡집이 많았다. 간단한 음식에 짜장면과 탕면(우동이나 맵지 않은 짬뽕) 메뉴가 있었다. 이런 가게를 '면반점'이라 불렀다. 당시 화교는 산둥 지역 사람들이어서, 그들이 잘하는 면을 팔았다. 볶음밥은 아마도 면반점보다는 규모 있는 고급 청요릿집에서 팔았을 것으로 보는 시각이 많다.

청요릿집의 주 손님은 무역하는 돈 많은 화교였다. 초기에는 조선인이나 일본인이 청요릿집에 많이 드나들지 않았다. 볶음밥은 남방 화교의 주식이며, 화베이 지역 산둥 출신 북방 화교는 만두와 면이 주식이었기 때문이다. 쌀은 건조하고 추운 지역에서는 재배가 어렵다. 밀이 최적이다.

호떡집이라고 해서 지금의 호떡을 생각하면 좀

다르다. 호떡집은 초기에는 빵이나 만두 같은 밀가루로 빚은 음식을 파는 집을 뜻했다. 만두집이 호떡집이기도 했다는 뜻이다. 서울의 마지막 호떡집이 바로 명동에 있던 만두 명가 '취천루'다. 중국식 빵이나 (소가 들어가지 않는 만두) 만두, 찐 교자도 파는 집이었다. 나중에 한국인이 좋아하는 설탕이 들어간 호떡이 대세가 되면서 호떡집은 종목이 단순화되었다. 반죽 속에 대만에서 들여온 검은 설탕을 넣어 구워낸 것이 우리가 아는 호떡이다.

　　내가 어렸을 때 본 화상(華商) 호떡집은 커다란 화덕으로 기억 속에 남아 있다. 원래 벽돌을 잘 굽는 민족이라 ─ 중국의 전통 건축물은 옛날부터 벽돌조가 많았다. ─ 아마도 직접 화덕을 만들었을 것이다. 그 안에 석탄을 때고, 피자 삽보다는 작지만 비슷하게 생긴 부삽으로 화덕에서 구운 호떡을 꺼냈다. 엄청 뜨거웠고, 잘못 베어 물면 펄펄 끓은 흑설탕물이 새어 나와 입술에 화상을 입었던 기억도 난다. 기름에 지지는 것이 아니어서 아주 담박한 밀가루 맛이기가 막혔다. 요즘 거리에서 파는 옛날 호떡을 사 먹어보면 기름기가 없는데, 중국인들의 화덕 호떡을 철판에 굽는 방식으로 간이화한 것으로 보인다. 물론 기름 호떡이 등장한 건 미국으로부터 엄청나게 싸게 공급받을 수 있던 식용유와 소나 돼지기름으로 만들던 라드와 식물성 쇼트닝이 대중화된 영향이라고 할 수 있다.

1800년대 후반 1900년대 초입 무렵 서울에 온 화교들은 비단 등의 도소매점을 도심에다 열었다. 서소문과 명동, 북창동, 소공동 쪽이었다. 명동에 중국대사관이 자리 잡은 것은 이런 역사적 이유가 있다. 소공동, 그러니까 지금 프레지던트호텔, 프라자 호텔이 있는 땅은 화교들이 많이 거주하면서 장사도 겸하는 차이나타운이었다. 박정희 정권 때 이곳을 재개발하면서 화교들의 반발을 샀다. 개발 이익을 대부분 한국 기업이 가져갔기 때문이다. 화교들은 북창동 쪽으로 근거지를 옮겨갔고, 지금도 그곳에는 화교 집단 거주지, 상업 시설의 흔적이 남아 있다.

예전에 새벽인력시장을 취재한 적이 있었다. 조선족 동포들이 많이 오면서 대림동, 가리봉동 등이 대형 새벽인력시장이 되었지만, 그전에는 건설 쪽은 신림과 봉천동에서, 중국요리사는 북창동에서 인력

시장이 열렸다. 수도권의 중국집, 뷔페 등에서 단기 요리사 수요가 생기면 이곳에서 요리사를 구했다.

"불판 2명, 칼판 2명, 면판 1명!"

북창동 거리에 봉고차가 들이닥치고, 안에서 십장이 외치면 그에 해당하는 경력과 기술을 가진 요리사들이 간단한 구두 면접을 보고 차에 탑승했다. 그렇게 날품을 팔러 떠났다. 배달 중국집이 엄청나게 번성하면서 요리사들의 이동이 아주 심했고, 그런 식으로 임시 일손을 구하게 되었던 것이다.

북창동 하면 이연복 사부가 늘 생각난다. 그가 십대 시절, 독립하여 처음 취직한 곳이 북창동의 중국집이었다. 기가 막히게도, 주인이 퇴근하면서 방범 등의 이유로 가게 문을 밖에서 닫아걸었다고 한다. 가게 2층에는 요리사, 배달원이 기숙하고 있는데! 만약 불이라도 났더라면 어떻게 되었겠는가. 아찔한 일이다. 그는 이렇게 술회한다.

"거친 시대이긴 했어도 주인이 참 너무했어. 밥이라고 주는데, 늘 눌은밥이야. 중국집에서는 아침에 큰 가마솥으로 쌀밥을 짓거든. 볶음밥을 해야 하니까. 밥을 푸고 나면 누룽지가 생겨요. 여기에 물 부어서 직원 밥으로 제공하는 거야. 반찬? 소금으로 절인 무짠지. 끝."

북창동에는 채소시장도 컸다. 아침 일찍 근처 중국집에서 요구하는 채소를 화농(화교 농민)이 농사 지어서 가지고 와서 팔았다. 중국집에서 쓰는 채소는 한국인 시장에서 다루지 않는 것이 많아서였다. 말하자면 공심채 같은 채소는 지금은 흔해졌지만, 과거에는 특별한 '라인'이 없으면 구할 수 없었다. 그런 특수 채소에 배추, 대파, 양파 등도 나왔다. 대파는 알다시피 산둥 화교들이 가장 좋아하는 향신채이고, 화농의 주요 농사 품목이기도 했다.

내가 바로 그 짱깨다!

북창동에 중국집은 거의 없어졌고, 화교들도 거의 살지 않는다. 얼마 전에 북창동의 화교 흔적을 찾아보러 갔다. 다행히도 중국식 재료를 파는 가게가 네 군데 보인다. 유행하는 'since'를 써서 붙인 노포 '신창상회'(1954년 설립)도 있고, '동일상회' '신영상회' '만승상회' 등이다. 모두 만만치 않은 노포다. 고급 중화요릿집이 많던 시절에 이들은 재료를 대만과 동남아에서 조달하여 호텔과 각종 대형 요릿집에 팔았다. 작은 가게처럼 보이지만 번듯한 무역상이다. 가게 안에, 나이 든 장구이(掌櫃, 장궤)가 주판으로 셈을 하고 있다.

이건 꼭 짚고 넘어가야 한다. 요즘 무심코 '짱깨'라는 말을 쓴다. 또는 중국 혐오를 그렇게 표현하기도 한다. 아예 짜장면을 그리 부르기도 한다. 장구이, 장궤가 와전되어 짱깨가 되었다. 장궤는 돈 통을 의미하며, 나아가 돈을 관리하는 지배인이나 사장을 말한다. 중국집의 경영인을 일컫는 좋은 말이었는데, 비하 용어로 바뀌어버렸다.

한 화교 후손이 쓴 책에는 이것과 관련된 가슴 아픈 일화가 나온다. 그 작가 가족은 예전에 다들 그랬듯이 당연히 중국집을 경영했다. 손님이 와서 "짱깨 달라."고 하자, 화가 치민 부친이 그 손님 탁자에 앉고는 "내가 짱깨다!"라고 울분을 토로했다는 얘기다. 더 말하고 싶지 않은 대목이다. 그들은 한국에서 오래 살아오며 시민의 도리를 했다. 심지어 6·25 전쟁 중에는 '중공군'에 맞선 부대를 꾸려 참전했다. 유창한 중국어를 무기로 포로 심문, 첩보 수집 등 정보부대에서도 대활약했다. 남의 땅에서 그들은, 비록 이념을 달리하지만, 동포를 상대로 전투를 치러냈다. 그것이 전체 화교의 의지를 대표하는지는 모른다. 다만 이런 역사적 사실이 엄연히 있었다. 그들이 시민으로서 살아가기 위한 노력을 아끼지 않았다고 해석하면 될 것 같다.

무엇보다 재일 동포 얘기를 꺼내지 않을 수 없다. 우리는 재일 동포가 일본 정부로부터 받는 차별과 외면의 역사에 분노하고, 반성을 요구하고 있다. 우리의 그런 노력이 설득력을 갖자면, 주한 화교에 대한 태도와 입장을 되돌아봐야 한다. 남의 땅에 사는 동포가 잘 대접받기를 원하면서도, 자국 내 외국인을 차별하고 그것에 대해 반성하지 않으며, 심지어 짱깨라고 욕하고 선동하다니 도대체 무슨 생각인가. 스스로 모순에 빠져 있는 우리 아닌가.

예전에 한 화교 사부를 취재한 적이 있다. 그들이 겪어온 차별 역사를 듣는데, 얼굴이 다 화끈거렸다. 그중에 기억나는 대목이 있다.

"1990년대 초반까지던가요. 우리 비자가 F2 비자였어요. 그게 뭐냐면 말이죠, 난민 비자예요. 대한민국 수립하고 40년 넘게 우리를 난민 취급한 거예요."

비자 제도가 다소 바뀌었지만, F2 관련 비자는 여전히 난민에게 발부된다. 제주도에 온 예멘 사람들이 받은 비자가 바로 그것이다. 한국에서 태어나 오랫동안 납세하고 이웃으로 살아온 이들에게 줄 비자는 아닌 것이다.

인천에 가면 짜장면박물관이 있다. 인천은 화교의 본격 상륙지다. 1882년 임오군란이 터지고 이걸 수습하는 과정에서 조선 정권은 청나라와 조약을 맺

게 된다. '조청상민수륙무역장정'이라는 거다. 양국의 상인이 서로 왕래하며 장사 좀 잘할 수 있게 혜택을 주자는 내용이라고 보면 된다. 중국에 유리한 불평등조약이었다. 당시 조선 정권은 무능하고 허약했다. 하여튼 이 조약으로 인천에 중국 상인이 드나들고, 화교의 탄생으로 이어진다. 화교라는 단어를 풀어보면 중국을 일컫는 화(華), 타향살이하는 사람이라는 뜻의 교(僑)다. 화교는 전 세계에서 엄청난 파워를 가진 집단이다. 화교경제권이라는 말도 있다. 규모가 크고 집단의 결속력이 매우 뛰어나다. 다만 한국에서는 힘을 못 썼고, 인구도 다른 나라에 비하면 아주 적다. 역대 정권의 비우호적인 박대, 남북 대치 상황 등으로 대만, 미국, 캐나다 등으로 이민도 많이 떠났다. 그 많던 화상 중국집이 거의 없어진 이유다.

처음 조선에 들어온 화교 집단은 상인이었다. 점차 석공, 철공, 원예 농민 같은 기술자군의 유입이 많아졌고, 일제강점기가 본격화되면서 대형 토목 사업을 일으키느라 필요한 노동자를 중국인 쿠리(苦力)로 많이 충당했다. 조선에 들어온 화교는 대개 딸린 가족이 없는 남자 단신이었다. 일종의 중단기 노동자로 유입되었기 때문이다.

　　화교는 흔히 세 가지 칼을 잘 쓴다고 한다. 주방칼, 면도칼, 다른 하나는 가위다. 즉 요리사, 이발사, 정원사로 외국 진출을 많이 했다. 또 전통적으로 화교는 동업에 익숙하다. 화교는 "불 기술자, 칼 기술자가 협력해서 식당을 차린다."고 말한다. 요즘 말로 불판, 칼판이다. 중국요리의 핵심적 부분을 잘 설명한다. 현란한 웍 솜씨와 재료를 섬세하게 가공하는 칼 솜씨의 협력이다.

　　1층은 홀과 주방, 2층은 개별 방으로 이루어진 연회실과 주인의 살림집. 1960~1970년대 대도시 중국집에서 흔하게 발견되는 구조였다. 물론 집마다 사정이 달라서 1층 안쪽에 내실과 살림집이 있고, 중간에 주방(주방은 음식이 나오는 반달형 창으로 뚫려 있었다.)을 두고 출입문부터는 홀을 구성하는 경우도 많았다. 2층으로 된 중국집은 대체로 규모가 있고 장사가 잘되는 집이었다. '○○루' '○○춘' '○○각' 등의 이름이 많았는데 요즘 흔하게 보이는 만리장성이니 북경이니 하는 상호는 본 기억이 없다. 공산주의 본토 이름을 써서 상호를 짓는다? 어림도 없다. 그 시절 반공 분위기에서는 화교들도 몸을 움츠려야 했으니까.

딴 얘기지만, 인천의 유명한 중국집 신일반점의 명주방장 고 임서약 옹은 고향에 가기 위해 홍콩을 경유, 내륙을 기차로 종단해서 산둥성까지 여행했다. 소년 시절에 고향을 떠났던 그는 어머니와 감격적인 해후를 했다. 문제는 아직 중국과 수교 전이었던 1980년대라 아주 위험한 여행이었다는 거다. 그는 귀국 후 안기부에서 꽤 혹독한 조사를 받았다고 내게 말했다.

전설적인 중국집이 사라지면서 우리 청춘의 기억도 지워졌다.

「뿔」이라는 소설이 있다. 한국 문학사에서 명단편으로 꼽히는 걸작이다. 작고한 조해일의 작품. 왕십리에서 흑석동까지 하숙집을 지게로 옮기는 과정을 그린 소설이다. 그 소설에 '육합춘'이라는 전설적인 중국집이 나온다.

> 어느새 중국음식점 '육합춘(六合春)' 앞을 지나고 '광무극장' 앞도 지났다.

왕년에 왕십리를 주름잡던 친구들에게 전화를 걸어봤다. 육합춘 알아? 그럼. 이 동네 터줏대감이었지. 그럼 없어졌다는 거야? 응, 외식거리가 좀 많니. 왕십리에 사람도 줄고, 동네가 변하니까 육합춘도 힘을 못 쓰더라고.

조해일은 2020년 세상을 떴다. 『겨울 여자』 등의 소설이 영화화되면서 크게 인기를 끈 소설가였다. 경희대 교수로 재직하면서 민주화 운동에도 열심이었던 분이다. 그의 왕십리 사랑은 계속 이어져 아예 「왕십리」라는 소설을 쓰기도 했다. 이것을 원작으로 임권택 감독이 만든 영화가 〈왕십리〉다.

옛 자료에도 육합춘이 나온다. 서울(경성)의 중화요리점조합 명부다.[•] 을지로의 '아서원', 관수동의 '대관원' 같은 전설적인 중국집과 어깨를 나란히 하고 있다. 물론 아서원, 대관원이 훨씬 큰 요릿집이었지만. 다른 집들은 다 도심 한복판에 있는데, 육합춘만 '하왕십리 937번지'라는 약간 외곽 주소를 나타내고 있다. 주인은 유개경. 이들의 후손은 지금 한국에 살고 있을까. 아니면 1970~1980년대에 많이 이민 갔던 대만이나 미주 지역으로 떠났을까. 알 수 없는 일이다.

어떤 왕십리 사람에게서 들은 얘기인데, 육합춘은 주인이 여러 번 바뀌면서 힘을 잃었다고 한다. 주인이 바뀌기 전에는 맛이 기가 막혔다는 증언이 많

• 화교 전문가 인천대 이정희 교수의 논문 『조선 화교의 중화요리점 연구』를 참고.

다. 흥미로운 건, 주방장 노인이 좀 특별한 사람이었는데, 종종 몇 달씩 가게에서 보이지 않았다고 한다. 짜장면 맛이 없어지면, 단골들은 그 사실을 눈치챘다는 거다. 그러다가 맛이 좋아지면 주방장이 돌아왔군, 하게 되었을 것이다.

영화 〈왕십리〉는 유튜브에서도 볼 수 있다. 신성일, 최불암, 백일섭, 김영애 등의 명배우들이 출연하는데 아주 독특한 구성을 편다. 나중에 임 감독이 왜 거장이 되었는가 단초를 보여주는 영화다. 지금도 영화학도들에게 중요한 텍스트로 쓰인다고 한다. 최불암이 연세 지긋한 당구장 아저씨로 나오고, 신성일이 그를 '아저씨'라고 부른다. 실은 최불암이 세 살인가 어리다. 둘 다 출연 당시 삼십대였다. 이미 최불암은 그 나이에도 노인 연기가 아주 자연스러웠다. 〈전원일기〉의 김 회장이 괜히 나온 게 아니다. 〈전원일기〉에서 그는 사십대에 노인 역을 맡았던 것이다.

〈왕십리〉는 실제로 왕십리가 무대다. 육합춘의 외부 모습 — 간유리와 나무로 짠 문과 창 — 이 그대로 나오고, 한자로 쓰인 육합춘 간판이 보인다. 실

내 장면도 그곳에서 찍었다. 무슨 요리인지 잘 모르겠지만 잡탕류와 양장피 같은 걸 출연진이 먹는다. 음식값으로 12,000원이 나온다. 신성일이 기어이 내려고 하는데, 50,000원짜리 자기앞수표다. 1970년대 중반에 짜장면이 100원 정도 했으니, 12,000원이면 상당한 금액이다.

1965년도에 한 중국집 메뉴판을 보니, 짜장면이 60원이다. 짬뽕을 뜻하는 초마면이 80원, 우동은 60원. 탕수육이 350원에 남짬윈스(난자완스)가 500원이라고 붙여놓았다. 당시 고기는 비싼 재료였다. 육합춘 내부 장면에서 한자 휘호 액자가 하나 보인다. '勝友如雲(승우여운)'. 친구가 구름같이 모인다는 뜻이다. 보통 중국집에는 상당히 직접적인 문구가 많다. '發財(발재)' 같은 단어가 많이 쓰인다. 돈 많이 벌게 해달라는 대중의 솔직한 기원이다. 빙빙 돌리지 않는다. 그런 글자만 보다가 육합춘 안의 승우여운 글귀를 보니, 중화요릿집의 운치가 격상되어 보인다.

육합춘은 사라졌다. 뿐이랴. 수많은 우리 기억 속 화상 중국집이 문을 닫았다. 서울이 몰락세가 제일 빠른 것 같다. 변화가 많은 도시이기 때문이다. 부산, 대구, 인천, 익산 등지에 그나마 많이 남아 있는 편이다. 대를 물리지 못한 노구의 주방장, 노사부가 힘겹게 웍을 돌린다. 대물림이 이어지더라도 대개는 경영에만 참여하는 정도이고, 주방을 물려받는 경우는 아주 희소하다. 자식대는 웍에서 멀어져버린 셈이다. 누구나 자식에게 힘든 일을 시키고 싶지 않은 게 부모 마음이다.

인천에 유명한 화상 중국집이 있다. 알려지기로, 이 집 아드님이 주방의 대를 잇는다는 말이 있었다. 확인하러 가봤더니 그는 홀서빙을 보고 있었다. 주방 안을 들여다보았다. 언제까지 웍을 들 수 있을지 알 수 없을 힘겨워하는 노인과 그의 아내가 주방을 도맡고 있었다. 아내가 주문한 요리에 맞춰 재료를 썰고 준비해서 대고, 노인이 볶았다. 아마 그 아드님도 주방일을 하지 않을 것이다. 다른 화상 중국집이 거의 그렇듯이.

과거에는 화교가 요리 말고는 진출할 직업이 거의 없었다. 취업할 만한 데가 없었다는 뜻이다. 국가임용시험에는 응시 자체가 불가능하니, 국가자격시

험을 통과하면 얻을 수 있는 직업이 가장 좋은 직업이었다. 화교들의 선호도 1위 직업은 한의사, 약사였다. 관련 학과를 졸업하고 자격을 취득하는 건 화교여도 차별이 없었기 때문이다. 화교 가수 주현미 씨가 약사인 것도 그런 까닭이다. 그이는 중앙대 약학과를 졸업했다. 지금도 화교들은 약대, 한의대 등에 많이 진학한다. 한국에서 태어나 한국어를 자유자재로 구사하는 그들이었지만, 공무원도 될 수 없고 그들을 원하는 회사도 거의 없었다. 대만과 무역하는 몇몇 회사에서 고용하는 정도에 그쳤다.

불맛, 불맛 하는데 꼭 좋은 게 아니오.

불맛이라는 말이 있다. 사전에는 없는 말이다. '탄내', 경북 사투리로 '화근내'라고도 한다. 2000년 대 들어서 블로거들 사이에서 퍼진 말인 듯하다. 실제로 불맛은 대유행이다. 오죽하면 불맛 내는 첨가제가 엄청나게 팔리겠는가. 흔히 중국집 음식 맛은 불맛이라고 한다. 팬이나 웍을 놀리다 보면, 기름에 버무려진 재료들이 튀어 오르다가 팬 밖에서 넘실거리며 덤비는 불에 그을리게 된다. 굳이 고온의 센 화력을 쓰지 않아도 그렇다.

이탈리아에서 요리할 때 셰프한테 이걸로 혼난 적이 있었다. 기술이 없던 나는 그 주방에서 깍두기였다. 깍두기보다 못할 때도 있었다. 언어가 잘 안 되어서 그런 건데, 주로 냉장고에 넣으라면 냉동고에 넣고, 치즈 가져오라면 '오후를 가져오라고?' 하면서 멍 때리는 아이였다. 치즈의 발음이 포르마지오(formaggio), 오후는 포메리지오(pomeriggio)여서 생긴 일이었다. F와 P로 시작하는 전혀 다른 발음인데, 우리나라 사람들이 원래 F와 P를 구별 못하는 데다가 내가 좀 얼이 나간 아이긴 했다. 그 주방에서 팬으로 뭘 볶다가 키질을 하면서 불맛을 입혔다. 한국 주방에선 "아이구, 우리 요리사 새끼, 불맛 내느라 고생했어." 하고 칭찬을 해줄 일인데, 그쪽 주방장은 화를 냈다. 시칠리아 사투리를 못 알아들었으나 대충 이런 말로 해석되었다.

"야, 이 녀석아. 그렇게 볶는 건 중국인들이 하는 거라고."

그 당시에 이탈리아에서 중국인이라는 건 그다지 좋은 이미지가 아니었다. 미원 많이 넣는 식당, 싸구려 상품, 밀입국해서 인구가 금세 늘어나는데 세금은 잘 안 내는 사람들, 이 정도의 이미지였다. 생각해보면 이런 이미지는 오랫동안 미국에서 이탈리아인 이민자에 대한 선입견이었지 않은가?

다시 불맛으로 돌아가자. 내가 만난 많은 노장 주사들은 불맛, 즉 훠치(火氣)는 조심스럽게 내야 한다고 말했다. 불맛 만능국가 대한민국에서 그들은 다른 말을 하고 있었던 거다.

불맛이 나는 것은 중국집 특유의 화구 덕이기도

하다. 중국집 화덕의 열원은 과거에는 장작에서, 석탄으로, 연탄을 지나서 기름, 액화가스로 이어졌다. 생존하는 노장 사부들은 석탄과 연탄부터 기억한다. 이런 탄을 그냥 때면 화력이 약하므로, 가루(분탄)나 파탄(깨진 탄)을 받아서 물에 개어서 썼다고 한다. 이런 탄이 화력이 높았다. 기름과 LPG 액화가스가 나오면서 일이 편해졌다.

앞서 잠깐 언급했듯이 예전 중국집은 보통 2층 구조였는데, 2층은 영업시간에는 홀, 그 외 시간에는 직원 숙소로 이용했다. 지방 출신이 많고, 새벽부터 불을 봐야 하기 때문에 직원이 상주해야 했다. 주방설비 가게에 가면 '제트기'라는 속어가 있는데, 이는 제트기 엔진처럼 강한 불을 뿜어내는 중화 화덕을 말한다. 제트여객기 엔진에서 불을 뿜어내는 걸 떠올려보면 된다. 보통 식당에서 쓰는 가스레인지는 4구, 5구(불판의 숫자)를 다 합쳐서 에너지(열량)가 3만kcal 내외다. 중화 화덕은 단 하나로 그것보다 더 세다. 불판 하나가 일반 업소용 가스레인지 화구 전체의 에너지를 능가한다는 뜻이다.

한편 중화 솥을 흔하게 웍이라고 쓴다. '웍'이라고 타이핑하면 내가 쓰는 한글 워드프로세서는 여지없이 빨갛게 밑줄을 긋는다. 표준어에 없다는 뜻이다. 웍은 중국에서도 사투리다. 중국 표준어(보통화)는 'ㄱ'(g, k) 음가가 없다. 예를 들면, 나라 국(國)자는 '궈'가 된다. 중궈(중국), 한궈(한국), 더궈(독일), 파궈(프랑스). 중국어에서는 우리가 아는 웍을 가마솥이라는 뜻의 훠(鑊, 확)라고 한다. 웍이라고 딱 끊어 발음하는 건 중국 남방의 사투리다. 홍콩을 비롯해 중국의 남쪽 지역과 싱가포르. 사실 중국에서는 보통 웍이라고 하지 않고 궈(鍋)라고 부른다.

'확'은 뭘 확 거칠게 찢어버리는 노동 순간을 묘사하는 듯 운동감이 있고, '웍'은 영어의 work을 연상하게 해 요리사가 뭔가를 우묵한 솥에 넣고 힘들게 볶아대야 할 것 같다. 물론 웍은 볶는 데만 쓰이는 도구가 아니다. 미국식 중국집이나 한국의 중국 음식점에서 주로 볶는 요리를 팔다 보니 중국요리의 이미지가 그렇게 굳어졌지만, 웍은 실제로 찌는 솥, 삶는 솥의 역할도 한다.

한번은 어떤 텔레비전 다큐멘터리에서 중국의 요리학교를 취재해서 방영하는 걸 보았다. 어린 소년들이 학교 운동장에 모여서 웍을 일제히 놀렸다. 왼손에 모래가 듬뿍 담긴 웍을 쥐고, 오른손에는 그 재료를 다그치는 국자를 쥔 채로.

　　"열심히 요리를 배워 중국 제일의 주사가 되겠습니다!"

　　내륙의 어느 가난한 농민의 아들이 틀림없을, 볼이 빨갛게 튼 소년이 화면에 대고 말했다. 아직도 덜 자란 팔뚝으로 무거운 웍을 들고, 용을 쓰며 키질을 하는 장면이 클로즈업했다가 줌아웃되면서 멀리 빠졌다. 운동장 안에 그렇게 막 요리학교에 입학한 1학년들이, 겨우 열서너 살쯤으로 보이는 소년들이 가득한 장면으로 마무리되었다. 우리가 중국에 여행 가서 먹는 요리를 저들이 만들겠지, 그리고 연애하고 아이도 낳고 시골의 부모님께 돈도 부쳐드리겠지. 소년의 팔뚝은 자라서 우람해지고, 늙어가겠지. 웍으로 단련된 팔뚝에 기름이 튀어 온갖 흉터를 전쟁용사처럼 새긴 채로 말이지.

웍을 잘 놀리면 요리가 고르게 불을 입어서 빨리 만들어지고, 익힘도 알맞게 된다. 불맛은 그 다음 문제다. 간장과 술, 설탕과 소스가 재료에 잘 배고 코팅되도록 도와준다. 사실, 웍을 놀리는 걸 직접 보는 것보다 소리로 들을 때 더 식욕을 돋운다. 주문하고 가만히 엽차를 마시자면, 막 강하게 화력을 올린 화덕에서 가스가 용솟음치는 소음이 들린다. 웍은 주사의 오른손에 들린 국자와 마찰하며 금속성 소음을 낸다. 가스가 강하게 분출하는 소리와 국자 소리가 합쳐져서 우리의 기대감은 높아진다. 그러자면 언제든 주방 앞에 앉아야 하고, 손님이 적은 한가한 시간대가 제격이다. 그래야 주방의 소리가 진공상태처럼 고요한 홀로 빠르게 삼투되기 때문이다.

없으면 만들어 먹는다

소다가 왜 나빠?

한 술 넣을 걸 두 술 넣고 두 술이 네 술 되는 게 문제지.

어떤 면을 나는 좋아하는 걸까. '바람직'하다고 여기는 걸까. 물론 매우 사적인 기호가 있다. 나는 '국수주의자'이긴 하지만 전문가라고는 생각하지 않으니까. 자, 내가 좋아하는 면이란? 쉽게 설명하면, 시장에 흔하게 있는 할머니 손칼국수를 생각하면 된다. 칼국수는 배달하지 않는다. 하더라도 지근거리만이다. 첨가제를 칠 필요가 없다. 반죽해서 숙성한후 잘라낸 면을 만든다.

보통 중국집 면은 가수율이 높다. 반죽에 물이많이 들어간다는 뜻이다. 소스를 많이 빨아들이지않고 잘 붇지 않아 좋다. 그런데도 짜장면이 불어버릴 정도로 배달 거리가 늘어나자, 고심하던 중국집사장님들은 소다로 문제를 해결하려 들었다. 소다는오래된 식품첨가물이다. 중국, 특히 남부 지역에서많이 쓴다. 소다는 적당히 쓰면 면이 매끈해지고 쫄깃하며 맛이 좋아진다. 하지만 뭐든 과용이 문제다.

지나치게 넣은 소다는 세 가지 문제를 일으켰다. 첫 번째는 색깔이 노래지고 쫄면처럼 질겨진 거다. 물론 이것을 문제라고만 볼 수는 없다. 하지만 분명한 소다 남용의 증거다. 많은 짜장면 애호가들이 이 '쫄깃함'에 불만이 크다.

우리가 흔히 먹는 라면에도 소다가 들어간다. 소다는 열을 만나면 노랗게 변하는 성질이 있다. 라면이 노란 건 그런 까닭이다. 일본 라멘도 대개 노랗다. 소다를 많이 쓰는 중국 남부의 밀가루 면도 노란 것이 많다. 홍콩에서 완탕면 드신 분들! 가게 근처만 가도 진동하는 냄새 기억하는가. 바로 소다 냄새다. 홍콩에서 길을 걷다가 소다 냄새가 난다 싶어서 두리번거리면 떡하니 완탕면집이 있다. 백 프로다.

두 번째 소다 남용의 문제는 냄새다. 소다가 과하면 비누 냄새와 비슷해진다. 식욕을 떨어뜨린다.

앞서 라멘 얘기가 나온 김에 영화 한 편 보고 가자. 〈남극의 셰프〉다. 무대는 일본의 남극기지. 내륙기지라 펭귄도 없고 해안 기지보다 훨씬 춥다. 남극은 거대한 대륙이어서 해안과 내륙으로 구분할 수 있다. 이곳에서 월동대원들이 1년을 보낸다. 오직 먹는 일이 낙일 수밖에. 기지 대장이 어느 날 앓는 소리를 낸다.

"주방장, 나는 라멘으로 이루어진 몸이야. 근데 라멘이 떨어졌어. 죽을 것 같아."

쟁여둔 인스턴트 라멘이 다 떨어졌다. 대원들이 일찌감치 간식으로 다 끓여 먹어버렸다. 대장은 "밀가루와 물이 있으니 어떻게든 반죽해서 라멘을 만들 수 있지 않느냐."고 주방장에게 통사정한다. 어지간하면 뭐든 만들어주는 착한 주방장(사카이 마사토가 맡았다.)이지만, 달리 방법이 없다. 단호하다. 이유가 있다.

"밀가루는 있지만 간스이가 없어서 불가능합니다."

간스이는 '간수' 즉 알칼리다. 라멘 맛은 어쩌면 간수 맛인지도 모른다.

소다 남용으로 인한 세 번째 문제는 소스와의 궁합이다. 면과 소스가 겉돈다. 짜장면 '선수'를 가르는 기준이 있다. 짜장면 한 그릇을 다 먹었을 때 면과 소스가 딱 맞춤하여 바닥에 아무것도 남아 있지 않아야 한다. 그러나 소다 과용 면은 소스를 붙들지 못하고 바닥에 줄줄 흘린다. 면 따로 소스 따로다. 숟가락으로 소스를 퍼먹는 사람도 봤다. 슬프다. 칼국수를 생각해보라. 소스와는 농도를 비교할 수도 없는, 좀 진하긴 해도 국물이다. 그 국물조차도 면에 딸려 올라오는데.

참고로 말해두자면, 스파게티는 소스를 잘 붙든다. 색은 노랗지만 소다는 제로다. 대신, 밀가루 자체가 아주 거칠다. 소스가 잘 붙을 수 있게끔.

여러분, 춘장에는 대파가 최고로 잘 어울려요. 파~

별수 없다. 소다 없는 짜장면! 내가 한번 만들어 본다. 내가 만드는 짜장면은 '상상'의 옛날식이자 중국식이다. 짜장은 된장, 고추장처럼 원재료가 아니다. 가공된 소스다. 분명히 중국 된장을 볶았다는 뜻이다. 그 된장이 바로 춘장이다. 우리가 먹는 짜장은 거의 다 전분을 넣는다. 간도 순해지고, 면을 덮을 만큼 소스의 양이 풍성해진다. 전분 소스를 덮으면 면이 덜 식는다. 목넘김도 좋다.

하지만 짜장면은 전분을 넣지 않는 걸 원칙으로 한다. 본디 짜장은 베이징 짜장면에 올라가는 대로 볶은 춘장 그 자체다. 전분이 없고 된장의 짠맛이 도드라진다. 나는 뭔가 백 년 전 짜장 같은 느낌을 떠올리며 만들었다. 많은 문제가 있었다.

우선 장이 관건이다. 시판하는 춘장을 쓰고 싶지 않았다. 시판용은 숙성을 거의 하지 않은 속성 된장이다. 색깔만 까맣다. 오래되어 자연스레 까맣게 된 것을 흉내만 낸다. 일종의 이미테이션이다. 된장

이나 춘장은 숙성되면 노란색-갈색-흑색으로 변한
다. 실제로 까맣게 된 춘장은 오래된 것이라 너무 짜
서 쓰기 어렵다고도 한다. 중국 된장이든 한국 된장
이든 마찬가지다.

춘장은 첨면장(甜麵醬)이라는 산둥식 된장에서 온
말이다. 봄 춘(春) 자가 아니다. 한국에선 그냥 봄 춘
자를 넣어서 '춘장(春醬)'이라고 표기하는데, 한중 양
국의 어떤 사전에도 올라 있지 않다. 즉 한국 대중
사이에서 만들어진 말이다. 첨면장-첨장-청장-충
장-춘장이 되었다는 설도 있고, 이 장을 주로 파를
찍어 먹던 산둥 사람들의 관습에 따라 파 총(蔥) 자
를 써서 총장이라고 불렀던 데서 유래한다고도 한
다. 연구자들의 이야기다. 첨면장은, 된장은 된장인
데 밀가루가 들어가서 달콤한 맛이 있다. 옛날 화교
주사들의 회고를 들어보면, 중국집마다 춘장을 직접
담가 썼단다. 장맛이 다르니까 짜장 맛도 달랐다.

그럼 왜 지금처럼 공장 춘장을 사다 쓰게 되었
을까. 두 가지 설이 있다. 화교를 고까워한 관계 당
국이 위생검열을 세게 했다고 한다. 중국집 뒤란이
나 옥상의 장항아리를 단속했다. 된장에서 더러 구

더기도 나오고 했으리라. 그 당시 우리 장에서 흔히 그랬듯이. 영업정지나 벌금을 맞았으리라. 에라, 더러워서 안 만든다, 이랬을 것 같다.

다른 하나는, 시대적 흐름이었다는 설이다. 짜장면이 비싼 음식에서 대중음식이 되는 역사적 전개에서 자연스레 싼값의 대량생산 춘장이 시장을 장악했다는 주장이다. 화교 독점 사업이던 중국집 시장에 1970년대 후반부터 점차 한국인이 늘어갔다. 독점이 무너지고 경쟁이 심해졌다. 가격도 싸졌다. 배달이 대세가 되어 원가 부담(배달 사원 고용비)이 늘었다. 품질이 저하되었고, 춘장 담그는 일이 없어지게되었다, 고 한다. 중국집 춘장의 절대강자 사자표의 전설은 그렇게 시작된 것이다.

중국집이 많이 있던 서울의 구도심 근처에는 흥미롭게도 장 공장도 많았다. 특히 청계천, 을지로 일대에 몰려 있었다. 이들은 닭표나 샘표 같은 한국의 된장, 간장 회사들과도 경쟁했다. 중국 춘장 말고 이런 한국식 장도 생산했던 것이다. 장은 다 비슷하니까. 그 당시 화교 장류 회사에서 신문 광고를 한 적도 있다. 꽤 규모가 큰 회사도 있었던 셈이다. 이런 회사들이 중국집에 장을 팔았다. 전화를 해서 "춘장 한 관, 간장 한 관." 이렇게 주문해서 썼다는 노주사들의 증언이 있다.

여기서, 산둥의 짜장이나 베이징의 짜장과 한국 짜장은 무엇이 결정적으로 다른가 짚어드려야겠다. 뿌리는 같다. 그러나 알다시피 우리가 먹는 짜장은 양파, 호박, 배추, 무, 감자 같은 채소가 많이 들어간다. 무얼 넣는지는 시대와 '주방장 마음'에 따라 달라지지만 어떻게든 채소가 많이 들어간다. 심지어 간짜장면은 다량의 양파와 양배추를 같이 볶아서 넣는 것으로 고유한 장르를 형성한다.

반면 베이징식 '정통'은 돼지고기와 춘장을 기름에 볶아 양념하는 게 전부다. 산둥식은 채소를 함께 볶는 경우도 있다. 채소는 나중에 기호에 따라 올려 먹는 게 베이징식이다. 막간에 정통이란 말을 한번 알아보자. 중국어로는 정종(正宗)이라고 쓴다. 한국에서는 정종이 청주의 다른 이름으로 알려져 있는데, 한자는 같다. 일제강점기에 이 브랜드가 많이 팔리면서 청주=정종이 되어버렸다. 상표가 물건의 대표 격이 되는 경우는 많다. 미원이 MSG의 대명사가 된 것처럼. 채소가 아예 볶아져서 짜장에 들어가느냐, 아니면 별도로 제공되느냐에 따라 한중의 짜장면이 달라진다고 봐도 된다.

중국집 짜장은 이른바 사자표가 거의 독점한다. 진미표라고도 있는데 절대 열세다. 내 입에는 둘 다 비슷한 맛이다. 까맣게 색을 내는 캐러멜 소스가 들어가고, 달고 짜다. 캐러멜은 이상한 첨가물은 아니다. 설탕이나 사탕수수로 만드는 것이고, 건강에도 문제가 없다. 캐러멜 넣은 춘장이라고 의아하게 생각할 필요는 없다. 하여튼 이걸 기름에 천천히 튀기듯 볶아서 짜장의 기본 소스를 만든다.

보통 요즘 많은 중국집에서는 기름을 가득 붓고 짜장을 넣어서 자글자글 튀기는 걸 기본으로 한다. 요리과학으로 보면, 튀긴 것이 더 맛이 강하고 감칠맛도 세진다. 웍에 기름을 엄청나게 많이 부은 후 춘장을 넣어 볶기 때문에 춘장이 기름에 가려져서 잘 보이지 않을 정도다. 짜장의 짜는 중국어 발음으로 쥐, 한자로 작(炸)이라 쓴다. 기름에 튀긴다는 뜻이다. 프라이드치킨을 '쥐지(炸鷄)'라고 한다.

내 나름대로 짜장을 만들기 위해 우선 '본토' 춘장을 찾아보기로 했다. 신화교(한반도에서 오래 살아온 화교를 구화교, 1990년대 중국과 수교 이후 온 사람들을 신화교라 칭한다.)가 많이 드나드는 대림동 중국 마트에 갔다.

"사장님, 춘장 있어요?"

"있어요, 여기."

한자로 첨면장이라고 쓰여 있다. 오호! 한국의 춘장에는 이런 용어를 이제는 쓰지 않는다.

"이걸로 짜장 만들면 맛있어요?"

"한국 거랑 비슷해요. 파 찍어 먹거나 젠빙에 발라 먹으면 맛있어요."

젠빙이란 호떡의 원조다. 밀가루 반죽을 발효하여 납작하게 지지거나 굽는 전병이다. 달지 않다. 식사로 먹는다. 달게 만드는 건 당화소. 우리가 아는 그 호떡이다. 일제강점기 무렵부터 팔리면서 대히트를 쳤다.

원래 춘장은 용도가 다양하다. 중국집 가면 양파, 단무지에 춘장 주지 않나. 그게 바로 물 타서 농도를 묽게 한 춘장이다. 본디 대파라면 사족을 못 쓰는 산둥성 사람들은 반찬으로 대파에 춘장을 찍어 먹었다. 내가 어렸을 때만 해도 중국집에서 양파보다 대파를 더 많이 내줬다. 양파 생산량이 엄청나게 늘면서 밀려난 거라고 한다. 대파를 흰 부분(총백, 연백부)만 써야 하는데, 양파랑 비교하면 원가 부담이 높다. 먹고 나서 양파보다 냄새도 많이 난다. 흥미로운 건, 저 첨면장에 이렇게 쓰여 있었다는 점이다.

총 반려(蔥 伴侶)!

하하하. 파의 반려라. 파랑 궁합 최고라는 뜻이 아닌가. 혹시 궁금하다면, 인터넷에서 이걸 한 봉 사보라. 싸다. 그냥 소스로 생각하고, 파 흰 부분을 썰어서 찍어 먹는다. 짜파게티에 곁들여 먹는 게 최고다. 끝내준다. 맛있다. 중국집에서 양파랑 춘장 추가하는 분이라면 분명 좋아할 거라고 확신한다.

아쉽게도 이 소스는 본격 짜장면용이라기보다 파 찍어 먹는 용도에 더 걸맞다. 그냥 한국의 춘장과 비슷하다. 묽어서 옛날 짜장을 구현하기에는 적합하지 않다. 이 장은 국수를 비벼 먹을 때도 쓸 수는 있지만, 파나 달지 않은 식사용 호떡에 발라 먹는 용도로 출시된 듯하다. 경장육사라는 고기볶음에 쓰듯이 다채로운 장으로 쓰고 있을 것이다. 소스가 있는 칸에서 여러 가지를 한꺼번에 샀다. 두반장, 라조장, 황장, 블랙빈 소스 같은 것들.

중국집 앞에는 원래 점집이 많았지.

짜장이냐 짬뽕이냐 헷갈릴 때 딱 찍어주거든.

결론은 황장(黃醬)이 그럴듯했다. 베이징의 짜장면은 황면장(黃麵醬)을 쓰는데, 이것이 상당히 유사하다. 황장은 콩으로 만든 갈색 된장으로 중국에서 매우 중요하게 쓰인다. 칼칼한 맛이 좀 있고, 구수하다. 우리 된장과도 비슷한 맛이다. 황장 8할에 우리 된장 아무거나 2할 정도를 섞어서 만들어보았다. 단언컨대, 한국에서 구현할 수 있는 옛날 짜장맛에 가장 가깝지 않을까 생각한다. 인터넷에서는 팔지 않는다. 일부러 대림동이나 중국식품점에 가야한다. 황장은 라오베이징(老北京) 짜장면, 즉 베이징 정통 짜장면을 만드는 주요 재료다. 첨면장과 함께 쓰이는 경우도 많다. 내 맘대로 상상한 중국식 짜장은 이렇게 만들었다.

4인 기준

재료: 황장 8큰술, 된장 2큰술, 다진 돼지고기 200g, 식용유

1. 식용유 반 컵을 바닥이 두꺼운 냄비나 팬에 붓고 달군다. 팬보다는 높직한 냄비를 추천한다. 기름이 부엌 사방으로 튀어 엄마에게 등짝 스매싱을 맞지 않으려면. 돼지고기를 넣어 갈색이 될 때까지 중약불에 달달 볶는다. 바닥에 눌어붙는 것들을 긁어가며(중요!) 야무지게 볶아야 한다. 고기가 바삭해질 만큼(소보로 감촉!) 갈색으로 볶는다. 설익게 볶으면 진한 맛이 나지 않고, 비리게 느껴진다.

2. 1의 팬을 중약불로 유지하면서 황장과 된장을 넣어 살살 볶는다. 5~6분 정도 타지 않도록 주의하면서 만큼 볶는다. 청주나 소주를 조금 뿌려서 한 번 끓여줘도 된다. 한 번에 많이 만들어서 냉장이나 냉동 보관해도 좋다. (원래 춘장은 기름을 많이 붓고 튀기듯 볶아야 제맛이 난다. 중국집 짜장이 맛있는 것도 이런 과정을 거치기 때문이다. 집에서는 그렇게 하기 어려워 약식으로 요리했다.)

나는 이 레시피에서 한국 짜장과 다른 시도를 몇 가지 했다. 보통 양파를 볶는 게 한국식 짜장의 표준이지만 뺐다. 설탕도 넣지 않았다. 전분도 풀지 않았다. 1인분의 한국식 짜장 소스는 보통 양이 많다. 그러나 중국식(?)으로 만들면 서너 숟가락에 지나지 않는다. 소스 양은 적고 되직하지만 기름기가 워낙 많으니까 면이 비벼진다.

물론 다른 시도를 통해서 절충해보기도 했다. 양파도 좀 볶고, 전분도 약간 풀었다. 한국 춘장도 섞었다. 황장과 반씩 섞는 걸 추천한다. 훨씬 더 친숙해졌다.

만약 당신이 앞에 소개한 레시피로 짜장을 만든다면, 먹는 사람의 기호를 가늠해야 한다. 어린이 입맛에는 맞지 않을 수 있다. 미식가 그룹이라면 강추한다. 물론 중국 짜장에 익숙하지 않은 미식가들이 많으니, 양파도, 전분도 좀 넣으면 그들도 더 좋아할 거다. 표 안 나게 슬쩍 약간. 우리 혀는 생각보다 아주 보수적이다. 미식가라고 하더라도 대다수는 모험을 즐기지 않는다.

한 사부에게 짜장을 만들 때 황장을 사용해도 되는지 여쭈었다. 그는 "황장은 볶는 동안 삭으면서 쓴맛이 날 수 있다. 첨면장을 기본으로 하고, 황장을 약간 섞는 건 좋다."는 조언을 해주었다. 짜장의 세계는 너무도 깊고 어렵다. 첨면장, 즉 춘장을 제조하는 회사는 국내에 열 곳이 넘지만 중국집에서 쓰는 브랜드는 두세 가지에 그친다. 한국에서는 거의 사자표다. 그다음으로 많이 쓰는 건 진미표다. 짜장 초보인 나는 두 브랜드의 차이를 모르겠다. 어쨌든 시장점유율이 압도적인 것은 사자표다.

업소에서는 짜장을 다양하게 볶는다. 맛이 비슷한 듯하지만 다 다른 것도 그런 까닭이다. 사자표를 '공유'하는데도 그렇다. 요새는 사자표에서 아예 볶아서 나온 것을 판다. '중찬명가 볶음춘장'이라고 인터넷서 찾을 수 있다. 물론 그것을 그대로 쓰지는 않는다. 다시 볶는다(튀긴다). 여러 번 볶았으니 더 맛이 강해진다. 동네 중국집 주방장에게 짜장 만드는 법을 물었다. 우리의 궁금증부터 물어보았다.

튀김용 기름을 짜장에 쓴다는데, 혹시 사실인가?

"그런 주방장도 물론 있다. 맛이 더 진하다. 튀김에 쓰는 기름은 더 고소하다."

업소에서는 대량으로 볶을 텐데, 기술의 비밀은
뭔가?

"볶아서 들어오는 짜장을 쓰는 집도 있다. 인건
비가 딸리니까. 그래도 많은 주방장들이 직접 볶는
다. 웍에 한 번 볶으면 며칠 쓸 수 있다. 짜장은 무한
대로 늘어나는 소스다."

무한대라니.

"짜장 한 숟갈로 짜장면 1인분을 내던 때도 있었
다. 짜장은 이제 아주 싸다. 그렇게 짜게 굴지 않는
다. 그러나 짜장은 짜다. 많이 넣고 싶어도 짜서 못
먹는다. 전분만 넉넉히 풀면 양이 팍 늘어난다. 그게
짜장의 특징이다."

전분은 물을 만나고 열이 가해지면 양이 폭발
적으로 늘어나는 성질이 있다. 전분 알갱이들이 열
을 만나면 겔화되는데, 이때 뜨거운 물을 쭉쭉 빨아
들여서 팽창한다. 마음만 먹으면 짜장의 양을 무한
대(?)로 늘릴 수 있는 비밀이다. 이런 짜장을 오히려
더 좋아하는 이들도 있다. 먹다 보면 중독된다. 옛

날에 노점에 뽑기와 달고나가 있던 시절, '잼'이라는 이름의 유사 불량식품을 같이 팔았다. 그게 진짜 잼이 아니라 사카린과 설탕을 넣은 전분이라는 걸 나중에 알게 됐다. 전분으로 팽창된 소스는 부드럽고 감미롭다. 배도 부르고 당도 높여준다. 싫어하기 어렵다. 그렇게 기호에 맞추면서 짜장은 변화해온 것이다.

라면 회사들은 수타 기술자들에게 정신적 로열티를 지급해야 한다.

자, 다음으로는 면을 어떻게 해결해야 하나 고민했다. 수타면이 최고다. 수타면은 중국에선 라미엔이라고 부른다. 어? 그 라면? 맞다. 한자로 랍면(拉麵)이라고 쓴다. '랍'은 당긴다는 뜻이다. 예전 신문은 한자를 많이 썼다. 무장단체가 인질을 '납치'했다, 라고 할 때 '拉致'라고 표기한다. '拉' 자를 잘 보자. 서 있는 사람 옆에 손이 있으니, 잡아당긴다는 뜻이다. 즉 손으로 잡아당겨 뽑은 면이 라미엔이고, 이 단어가 일본에서 라멘으로 바뀐 후, 우리에게 친숙한 인스턴트 라면이 된 것이다. 우리가 아는 중국집의 면은 수타면 중에서도 라미엔이다. 원래 인천에서 시작된 짜장면도 노점상이었다는 설이 전해진다. 면을 칼국수처럼 썰어서(수타가 아닐 수도 있다. 전문 기술자들은 더 나중에 들어왔다는 얘기가 있다.) 끓인 장을 얹어 패스트푸드로 중국인 노동자들에게 팔던 것이 짜장면의 시초라고 본다. 중국에서는 지금도 손수레에서 면을 끓여 파는 노점을 볼 수 있다.

그러다 '공화춘' 등의 고급 요릿집에서 요리의 말미에 제공하면서 고급 요리처럼 이미지 세탁이 된 것이라는 설이 있다. 고급 요릿집에서 팔 음식은 아니었지만 주 고객인 한국인, 일본인이 좋아하니까 제공했다는 얘기다. 조선에 중국집 붐이 일면서 라미엔으로 유명한 산둥의 푸산 출신 면장들이 한국에 많이 들어왔고, 짜장면의 신세계가 열렸다고 볼 수 있겠다.

라미엔은 중국 간쑤성의 도시 란저우나 산둥성 지역에서 유명한 고유 기술이다. 란저우의 라미엔 기술도 한국에 많이 들어와 있다. 산둥성 출신으로 국내에 들어온 화교들이 뽑는 방식보다 짧고 간결한 것이 보통이다. 탄력은 힘으로 치는 산둥성 수타면을 못 따라간다. 우스갯소리로 이런 말이 있다. 유도나 레슬링, 격투기 선수들은 매트에 구르고 버티는 반복 훈련에 의해 귀 모양이 변한다. 이른바 만두귀. 귀 안의 혈관이 터지고 조직이 변해서 생기는 일이다. 영광의 상처다. 이런 귀 가진 사람을 보면 조폭도 피한다. 우리 같은 일반인은 뭐 상관없다.

한데, 짜장면 수타 기술자도 건드리지 않던 시절이 있었다. 1970년대 얘기다. 당시 짜장면집 수타 기술자는 종일 수백 그릇을 뽑았다. 엄청난 노동량이다. 주무르고 내리치고 면발을 뽑는다. 근육 사용량이 엄청나다. 수타 기술자들 몸을 보면 군살이 없다. 잔근육이 쫙 잡혔다. 그런 팔이 휘두른 주먹에 턱이라도 맞는 날이면 대충 대여섯 조각으로 나뉠 각오를 해야 한다. 명동 같은 곳에 유명 중국집이 많았는데, 그 동네는 최고의 유흥지였으니 깡패들도 많았다. 조양은이 각목 대신 회칼을 들고 당대 최고의 조직 신상사파를 습격, 조폭 세계의 스타일을 바꿔버렸다는 사건이 일어난 곳도 바로 명동의 고급 호텔 사보이의 커피숍이었다. (사보이호텔 중식당이 이연복 셰프가 일하던 곳이었다.) 이 깡패들도 중국집 요리사들은 건드리지 않았다. 일단 화교들의 단결력이 무서운 데다가, 수타 기술자가 있기 때문이 아니었을까.

내가 해봐서 아는데, 손칼국수는 수타 짜장면과 친구다.

하여튼 나는 수타면, 즉 라미엔은 할 줄 모른다. 이 기술은 인력 부족과 그에 따라 자동 기계가 대중화되면서 중국집에서 거의 사라졌다. 그러다가 2000년대 들어 갑자기 도시 외곽 같은 곳에 많이 생겼다. 길가에서 수타면 뽑는 장면을 볼 수 있도록 설계한 크고 환한 유리창이 특징이다. 대개 짜장, 짬뽕, 탕수육 같은 간단한 음식만 판다. 수타 라미엔 기술을 배울 정도로 내 의지가 충만한 것은 아니어서 포기.

구매할 수 있는 면이 뭐가 있나 살펴보았다. 집에서 짜장면을 만들 때 쓸 수 있는 시판 면은 크게 중화면과 칼국수면 두 부류로 나뉜다. 냉동이나 냉장 우동 같은 것도 있는데 이런 면은 익혀서 나오는 숙면이어서 식감이 다르다. 데우기만 해도 쓸 수 있어서 간편한 대신, 면의 탄력이 대체로 별로다. 중화면도 마음에 안 들었다. 그렇다. 배달 중국집에서 쓰는 그 노란 면이다. 쫄깃하지만 내가 원하는 면은 아니어서 탈락.

칼국수면은 여러 회사에서 나온다. 익히지 않고 냉장 유통된다. 전분을 묻혀서 면이 달라붙지 않게 해서 판다. 이 전분은 삶을 때 좀 불편하다. 면이 우르르 끓을 때 전분이 물에 풀려서 철철 넘치기 일쑤다. 평소보다 물을 많이 잡아야 한다. 여러 회사 면을 테스트해본 결과 나의 선택은 '생칼국수'라는 이름의 제품으로 낙착됐다. 면을 뽑지 않고 사서 써야 할 때는 최고라고 생각한다. 물론 수타로 만든 면에는 절대, 한참 못 미친다.

중국집 기술자처럼 손으로 면을 뽑지는 못해도, 직접 밀가루를 반죽해 수타면의 특징을 살려서 손으로 썰어내는 것. 그것이 내가 도달한 결론이었다. 물론 이것도 수타면이라고 부른다. 수타로 면발까지 뽑아내는 라미엔의 경지는 아니지만 손으로 반죽하고 칼로 썰어내기 때문이다. 손칼국수 면이라고 생각하면 틀림없다. 남대문 칼국수 골목에 가면, 여전히 그 좁은 부엌에서 아주머니 요리사들이 칼로 면을 썬다. 신기의 기술이다. 면을 위에서 내리치듯 썰어내기 때문이다. 바쁘니까 기술이 생겨난 것이다. 물렁물렁한 반죽을 위에서 내리치듯 썬다는 건 상상도 할 수 없는 기술이다. 그러나 남대문시장 아주머니 요리사들은 한다. 이곳에 가서 드셔보셨다면, 내가 생각하는 면이 딱 그 정도라고 생각하면 되겠다.

여러 밀가루를 테스트해봤다. 프랑스와 이탈리아의 밀가루도 써봤다. 속칭 투 제로(00)라고 부르는 강력분이다. 프랑스산은 대개 빵을 만드는 데 쓰인다. 고급 제과점에서 쓴다. 이탈리아산 밀가루는 피자용이 많다. 나폴리 인증 정통 피자를 만드는 집에서 많이 소비하는데, 당연히 국내산 밀가루보다 몇 배 비싸다. 면을 뽑으면 아주 좋다. 탄력이 살아나고 꼬들꼬들하다. 인터넷에서 소포장도 판다. 그렇지만 나의 결론은 백설찰밀가루. 밀가루에 무슨 짓을 한 거야? 중력분이라는데도 탄력이 아주 좋고, 특히 구수한 맛이 강하다. 일반 밀가루보다 비싸지만 품질로 충분히 커버된다.

반죽하는 비율은 대부분의 면이 비슷하다. 밀가루 1에 물 0.5다. 물을 더 넣거나 줄이면 반죽의 밀도가 달라지는 정도다. 물이 많으면 면이 부드러운 대신 소스를 빨아들이는 힘이 약하고, 물이 적으면 그 반대다. 기호에 따라 고르면 되는데, 그냥 표준적인 배합이 맞지 않을까 싶다. 밀가루 1kg에 물 500g, 이 배합은 피자나, 우동이나, 칼국수나, 프레시 파스타나, 어지간한 빵이나 거의 비슷하다. 기억해두시면 좋다. 소금은 밀가루의 약 3퍼센트. 여름에는 소금 양이 좀 늘고 겨울에는 준다. 대충 반죽해서 상온에 두 시간 두었다가 야무지게 다시 반죽한다. 1kg 기준으로 10분 정도 치댔다. 냉장고에서 반나절 숙성한 후 꺼내어 다시 5분 정도라도 치댄다.

집에서 반죽을 밀대로 펴서 칼국수처럼 썰었다. 면을 익혀 짜장 소스를 붓고 비빈다. 아아, 기막히다. 짜장이 면 표면에 착 붙는다. 마치 오랜만에 만난 친구 같다. 어이, 잘 지냈어, 이들은 깊게 우정의 포옹을 한다. 찰싹찰싹 달라붙어서 떨어지지 않는다. 씹으면 짜장에서 구수한 중국 된장 향이 올라오고, 이내 밀가루의 쫀쫀한 식감이 공격해 들어온다. 손으로 반죽하는 게 할 때는 힘들어도 먹을 때는 좋다. 물론 이건 어디까지나 한 덕후의 짜장면 만들기다. 가게에서 한다면 수타를 제대로 배우거나, 기계를 써야 하겠지.

이탈리아 파스타 기계를 써서 뽑아보기도 했다. 전통 방식의 수동식 제면기는 인터넷에 2만 원대에도 나온다. 반죽을 여러 번 겹치고 눌러서 탄력을 주는 방식이다. 이것을 압연방식이라고 부른다. 기계 롤러가 연속으로 누르면서 탄력을 높인다. 마지막에 면을 뽑아주는 모듈 액세서리가 달려 있어서, 같이 구매하면 일일이 썰지 않아도 길고 납작한 탈리아텔레 정도의 면과 스파게티니처럼 가느다란 면을 얻을 수 있다.

오래 쓰고 싶으면, 중국산보다는 이탈리아 본토(?)에서 만든 제품이 튼튼하고 좋다. 대신 값이 10만 원 정도 한다. 나는 빨간색의 임페리아사 제품을 샀다. 하, 예쁘다. 면이 술술 나올 것 같다. 물론 이 책을 쓰기 위해 몇 번 열심히 만들어보고는 창고에서 썩고 있지만.

이 밖에도 본격파를 위해서 추천해드리자면, 키친에이드의 블렌더(믹서가 아니고 반죽기를 겸하는 블렌더)를 사고, 그 부속품으로 나오는 제면 액세서리를 추가 구매하는 방법이 있다. 문제는 값이 비싸다. 블렌더를 사야 액세서리를 쓸 수 있으므로 총액 100만

원을 호가한다. 단, 집에서 빵을 굽고 과자 만드는 분들이라면 과감히 한 대 장만하시라.

국적은 다르지만 짜장과 된장은 형제다.

혹시 이런 생각 해보신 적 있나. 짜장면에 들어가는 장, 즉 첨면장이니 황장이니 하는 장은 중국의 장이다. 우리 된장과는 다르다. 나도 그렇게 생각했다. 된장과 춘장은 접점이 없어 보였다. 마치 이탈리아 파스타에 쓰이는 토마토 소스와 된장만큼 먼 거리에 있는 듯했다. 그런데 놀랍게도 황장이든 첨면장이든 아니면 유사한 무엇을 썼든 짜장≒된장이라는 사실은 틀림없다. 중국 장이 한반도에서 점차 맛이 달라지면서 제각기(?) 다른 장인 척하게 되었지만, 둘은 형제였던 것이다.

짜장은 어느 날 역사적 사건, 즉 1882년 임오군란 때문에 청나라 사람들과 함께 한반도에 등장했지만, 그것도 결국은 일종의 된장이라는 얘기다. 물론 우리가 모르는 일이 수없이 있을지도 모른다. 한반도에 지금처럼 근대적 국가가 수립되어 국경선을 그어놓기 전에, 모르긴 몰라도 사람들이 마음대로 국경을 넘어 다닐 수 있었던 조선시대에는 그 장이 그 장이 아니었을까 싶기도 한 것이다. 중국 된장은 한국에서 중국과는 아무런 상관 없이 독자적으로 산업화되면서 캐러멜 소스를 넣니 무얼 넣니 하면서 달라졌지만, 본디 된장의 맛과 향이 곧 짜장에 있다.

콩의 원산지는 한반도 일대로 알려져 있다. 된장이 된장 아닌 이름으로 불리더라도 결국 다 된장이다. 일본 된장도 마찬가지다. 갈색의 된장(일본에서는 아카미소라고 하여, 붉은 된장이라고 표현한다.)을 볶으면 춘장과 흡사하다. 짜장이 맛있는 것은 된장으로 만들어서다. 다만, 그동안 원형에서 크게 달라져버린 배달 중국집 방식의 짜장 대신 옛날식으로 만들어보니 이것도 특이하고 맛있다는 사실 하나를 나는 찾았을 뿐이다.

화상 중국집은 대부분 춘장을 만들어 썼다는 건 이미 잘 알려진 역사적 사실이다. 공장 생산품이 오히려 비싼 시기도 있었다고 옛 주사들은 증언한다. 요즘 대세가 된 사자표는 물론이고 호랑이표, 동표 등 많은 브랜드가 있었다.

짜장면의 역사를 설명할 때 꼭 등장하는 것이 인천의 노점 짜장면이다. 부두에서 노동하던 중국인

노동자들이 노점에서 사 먹던 음식에서 짜장면이 탄생했다는 설이다. 사실이든 아니든 그것은 추적이 불가능하다. 그저 오래전 가족도 없이 혼자 돈 벌러 와서 이국땅에서 노동하던 사람들의 기약 없던 마음을 생각할 뿐이다. 그것이 짜장면 맛에 녹아 있다고 생각하니 울컥, 무엇이 치민다. 애쓰는 모든 이들에게 국적이 무슨 소용이랴.

노루모, 카베진과 오타이산도 모두 짜장면의 형제입니다, 여러분.

앞서 부원반점의 면이 너무도 좋다고 말했다. 효창동 '신성각'도 가끔 가는데, 순전히 면이 좋아서다. 노장 주방장이 힘겹게 수타면을 일일이 친다. 이들 가게는 어떤지 모르지만, 수타를 칠 때도 대개는 소다를 쓴다. 노장 사부들에게 여쭤봤다.

형님, 왜 면에는 소다를 쓰나요?

"우선은 탄력이지. 밀가루는 잘 치대면 쫄깃하지만 과거에는 제분 기술이 좋지 않고 밀가루 품질도 나빠서, 요즘 밀가루처럼 쫄깃하지 않았어요. 쫄깃한 게 고급이다, 이런 시대가 있었다고. 메밀면은 끊어지는 맛으로 먹는다지만 탄력 있는 밀가루가 더 고급이었어."

사실이다. 요즘 밀가루 가격은 정말 싸다. 10kg 한 포에 7천 원이면 산다. 메밀은? 속메밀 100퍼센트 기준, 국산은 20만 원을 훌쩍 넘는다. 수입도 도매가가 16만 원이다. 기계식 분쇄의 경우가 그렇고

맷돌식은 더 비싸다. 메밀이 밀가루보다 스무 배 비싼 거다. 독자들도 이 정도인 줄은 몰랐을 것이다. 그래서 메밀 제대로 쓰는 냉면집 가격이 비싸다. 미국산, 호주산 밀이 들어오기 전인 해방 전에는 밀가루가 메밀보다 비쌌다고 한다. 그러니 지금 밀가루가 얼마나 싼 건지 짐작이 간다. 옛날에 밀가루가 비쌌던 것은 제분이 힘들어서 재배를 잘 하지 않은 까닭도 있었다. 쌀과 수입 밀가루가 넉넉해진 이후에는 밀농사를 지어서 닭 모이, 소먹이로 썼다고 한다.

그럼 요즘은 밀가루도 좋은데 왜 굳이 소다를 넣나요?

"더 쫄깃하면 손님들이 좋아하잖아요. 오래 반죽하지 않아도 쫄깃하니까 시간도 절약되고. 배달집들이 소다를 점점 더 많이 넣게 되면서 그게 손님들한테 표준이 된 것이 아닐까 생각해요. 아마도, 다른 집들이 노랗게 많이 넣으니까 덩달아서 그렇게 된 것도 있지 않을까."

실제로, 배달을 하지 않아서 소다를 거의 넣지 않는 한 중국집에 친구들과 간 적이 있다. 청량리시장 안에 있는 '부영각'이란 집이다. 이 집 면은 하얗다. 친구가 놀라서 직원에게 항의했다. 면이 하얀 것이 그는 이상했던 것이다, 직원은 으레 듣는 소리라는 듯이 "소다를 안 써서 그래요." 하고 대수롭지 않게 대꾸했다.

보통 중국집에서 수타를 하면 냉소다, 기계면을 하면 일반 소다를 쓰잖아요. 둘 다 알칼리인데 왜 가려 쓰나요?

"그건 관습인 것 같아요. 물론 기계면에 냉소다 쓰는 집도 있어요. 냉소다가 더 오래전에 알려진 소다예요. 냉소다가 알칼리성이 더 강해요. 또, 수타가 오래된 방식이니까 옛날 방식대로 냉소다를 넣는 게 아닐까 해요. 수타 기술자들에게 물어보면 이유가 있어요. 수타면은 너무 반죽이 탱탱하게 뭉쳐도 면을 빼기 힘들어요. 어느 정도 뽑히는 맛이 있어야 하는데, 반죽이 안 늘어나면 안 되잖아요. 그런 이유로 수타는 냉소다를 쓴다는 거지."

이 이야기는 과학적으로 증명된 것은 아니다. 정리하면 이렇다. 수타 기술자들이 냉소다를 즐겨 쓰는 것은, 일반적인 면처럼 반죽에 소다를 넣고 치면 반죽이 너무 쫄깃해져버리기 때문이다. 냉소다는 수분이 절반이다. 그래서 그릇에다 물을 조금 넣고 냉소다를 섞어서 두면, 자연스레 녹아 나오는 성분을 반죽에 '발라가며' 칠 수 있다. 탄력을 어느 정도는 유지하되, 면이 노랗게 변하고 쫄면처럼 질겨질 정도는 아닌 상태가 된다. 부드럽고 먹기 좋은 면이 되는 것이다.

기본적으로 냉소다도 소다의 일종이다. 냉소다는 빙소다라고도 부른다. 얼음처럼 반투명한 결정체이기 때문이다. 냉소다와 요즘 대세인 면 개량제(일반 가루소다)는 성분이 조금 다르다. 기본적으로 알칼리인 것은 같다. 다 한 가족이다. 냉소다 한 제품에는 이렇게 성분 표시가 되어 있다. 탄산나트륨 40%, 중탄산나트륨 5%, 정제수 55%. 일반 가루소다는 배합이 매우 다양하다. 식용으로 쓰이는 세 가지 탄산나트륨(탄산나트륨, 중탄산나트륨, 탄산수소나트륨) 계열을 제품마다 다르게 배합한다. 대개 탄산수소나트륨이 주성분이고, 탄산나트륨이 더 강하다고 한다. 기전은 비슷하지만, 탄산수소나트륨에서 수소가 떨어져 나가면 탄산나트륨이 된다.

　시중에 파는 중국식 면은 더 쫄깃하게 만들기 위해 글루텐을 첨가하고, 노란색을 더 잘 내려고 치자 분말까지 넣는 경우가 많다. 소다를 넣은 면은 삶으면 면에 포함되어 있는 플라보노이드 성분이 알칼리와 만나 노랗게 변하는데, 이런 제품은 치자까지 넣어서 더 노랗게 보인다. 소다가 몸에 나쁘지는 않다. 식약청 허가품이다. 다만, 내가 늘 얘기하듯 너무 쫄깃하기만 해서 소스를 튕겨내는, 쫄면 같은 식감에 대한 아쉬움이 있을 뿐이다.

　한편 소다를 많이 넣은 음식을 장기간 먹으면 소화에 문제를 일으킨다는 설이 있다. 일리가 있다. 지금도 파는지 모르겠지만 과거 최고의 인기 위장약이 노루모였다. 이 약에 탄산수소나트륨이 들어 있다. 위에 들어가서 위산을 중화시킨다. 위산이 상처입은 위에 닿으면 위가 쓰리니, 중화시켜서 속을 편안하게 해준다. 이런 약리 기전으로 개발된 약일 것이다. 카베진이나 오타이산이라는 일본 약이 국내서도 인기 있는데, 이 약들에도 마찬가지로 알칼리인

탄산수소나트륨이 들어간다. 비슷한 약리 기전일 것이다. 소화기내과 의사들이나 약사들은 이런 약들을 장복하는 걸 반대한다.

하여튼, 소다 많이 들어간 짜장면을 먹으면 위산이 줄어들어 소화가 잘 되지 않고 더부룩한 기분이 들 수 있다. 알칼리는 잘 쓰면 좋은 첨가물인데, 지나치면 문제가 있다. 물리적으로 힘을 들여 쫄깃하게 만들던 것을, 화학적으로 쉽게 해결하고 있는 셈이다. 세상의 뒷면에는 다른 그림과 세계가 있다. 그게 살면서 깨달은 이치다.

전국의 짜장면집 순례

반찬으로 묵은지 주는 고흥의 중국집 사장님,
꼭 한번 뵙고 싶습니다.

전국의 짜장면집을 주유했는데, 기억에 남는 집
들이 꽤 많다. 고흥 읍내의 한 중식당은 놀랍게도 묵
은지를 반찬으로 냈다. 양파와 단무지, 춘장이라는
정통성(?) 있는 삼위일체도 물론 나왔다. 묵은지 반
찬이라니. 한동안 찾던 집들이 있었는데, 특정 식당
이 아니라 특정한 영업 방식에 깊게 빠졌다. 즉 한식
도 팔고 중식도 파는 방식 말이다. 이런 집은 테이블
석보다 '철푸덕석'이라고 하는 좌식이 많은데, 요새
는 주요 손님인 어르신들의 허리가 안 좋아져서 테
이블석으로 많이 바뀌었다. 테이블로 바꾸면 지자체
에서 지원금을 주는 군도 있다. (어르신 허리 보존을 위
한 포석이다.)

이런 좌식 탁자에 앉아서 떡만둣국도 시키고,
백반에 짜장면도 시켜 먹었다. 한식을 같이 파니까
당연히 중국음식만 시켜도 반찬이 좀 나온다. 한식
과 중식을 같이 시키면 반찬이 더 푸짐해진다. 물론
짜장면에 요란한 반찬은 필요 없지만.

이런 집에 들어가면 메뉴판이 흥미롭다. 보통 중국집이 '요리부/식사부'로 나뉘는 데 비해 이곳은 '한식부/중식부'로 되어 있다. 한식은 만둣국, 비빔밥, 떡국, 불고기, 제육덮밥 등 대체로 일품요리를 낸다. 중식의 주방 인원 구조가 반찬 깔아주는 백반을 내기는 어렵기 때문이다. 그런데도 백반을 어떻게든 파는 집도 꽤 있다.

중국집에서 한식을 팔게 된 이유에 대해 의견이 분분하다. 역시 화교들의 독점 사업이던 중식계에 한국인이 많이 들어오면서 바뀌었다는 게 정설이다. 하지만 다르게 해석할 여지도 있다. 화교는 원래 생활력이 강해서 현지화가 아주 빠르다. 파리의 중국집은 코스가 반드시 있으며, 하다못해 시판용 하드라도 디저트로 내준다. (실제 내 경험이다.) 소믈리에가 있는 고급 중국집도 있다.

이탈리아의 중국집은 스파게티의 나라답게 스파게티 면을 중식처럼 볶아서 낸다. 현지어로 '스파게티 콘 감베리 알라 피아스트라'가 대표 격이다. 새우와 함께 볶은 스파게티 면을 철판 위에 얹어서 내는 방식이다. 스파게티는 이탈리아식, 볶는 방식은 중국식, 철판에 얹어내는 건 또 어디 식인지 모르겠지만. 원하면 판다! 내지는 원할 것 같은 걸 판다! 생존에는 피나는 노력이 뒤따르게 마련이다.

전 세계에 중국집이 있지만, 우리나라 중국집에만 있는 메뉴라고 흔히 거론되는 게 냉면이다. 중국 본토에는 없는 면이기 때문이다. (연변 등 지린성은 제외한다. 중국 땅이지만 조선족 동포가 많아서 냉면이 아주 인기다.) 요즘은 좀 달라졌지만, 한여름에도 냉수를 마시지 않는 중국인이므로 냉면이란 게 있을 리 없다. 한국의 화상 중국집이 개발한 게 맞다. 새우, 해파리(실은 전분으로 만든 양편이라는 면의 일종), 해삼과 오징어를 넣고 간장 맛이 나는 달달한 육수에 중화면을 말아내는 형태다. 중식 느낌으로 한식의 냉면 형태를 절충한 신개발품이다. 흥미로운 건 이른바 '중화냉면'에 들어가는 땅콩 소스다. 중국에 간반미엔이라는 비빔면이 있다. 여름에 차게 비벼 먹는 계절 음식인데 일종의 냉면이라고 부를 수 있을 것이다. 여기에 원래 땅콩 소스가 들어간다. 냉면 비슷하게 여름에 먹는 간반미엔에 넣는 소스를 한국인을 위해

개발한 냉면에도 넣는다고 유추할 수 있다. 먹고살기 위해 역사에 없는 냉면을 만들지만, 중국의 상징을 슬쩍 끼워 넣어 자존심을 세운 셈이다.

여름에 아무래도 짜장면, 짬뽕 같은 더운 요리가 덜 팔리니까 콩국수를 팔기 시작한 것도 이런 변화의 한 맥락이다. 여기서 잠깐, 짜장면은 전형적으로 베이징을 중심으로 한 지역에서 여름을 이기려 먹는 시원한(?) 음식이다. 한국의 냉면과 비슷하다고 할 수 있다. 물론 절대로 냉면처럼 차갑지는 않지만. 그 베이징 짜장면과 한국의 짜장면을 이어주는 끈이 하나 있다. 흔적이 남아 있다고 해도 되겠다.

바로 오이다. 오이는 여름의 상징이다. 더운 화기를 식혀주는 재료이기도 하다. 중국인이 날로 먹는 몇 안 되는 채소다. 화교가 한반도에 와서도 그들의 식습관대로 짜장면에 오이를 얹어 내는 걸 지켜왔던 것이다. 요즘은 사철 나오지만 과거에 오이는 아무 때나 구할 수 없었다. 오이를 올릴 수 없는 계절이 길었다. 그래서 오이 대신 색깔이 비슷한 완두콩을 얹지 않았을까. 콩은 말려두면 상하지 않으니 가능하지 않았을까. 그러다가 짜장면이 하향평준화,

대중화되면서 깡통에 든 콩을 쓰게 되지 않았을까. 왕육성 사부는 그렇지 않다고 하지만.

나는 프로답게 하늘하늘, 아삭아삭 똑같은 크기로 잘 썬 오이를 얹은 짜장면을 먹으면 아주 기분이 좋아진다. 무슨 요리든 잘하는 집이라고 믿게 된다. 그까짓 오이 좀 안 올리면 어때, 일손도 없는데 대충 썰어서 올리면 어때. 그런 마음 대신 정성껏 가늘게 채썬 오이를 짜장면 위에 올리는 마음이라면, 믿을 만하지 않은가.

여담인데, 요새 중국집 칼판은 점점 정말 엉망이 되어간다. 그 이유는 주방장도 알고 손님도 알고 대한민국이 다 안다. 어떤 집은 '김밥○○'보다도 못하다. (비하하는 게 아니다. 싸게 파는 집이라 바삐 썰고 비숙련자도 고용한다는 뜻이다.) 특히 탕수육을 보라. 대충 썬 커다란 당근과 양배추, 오이가 떡 올라간 모습에 내 얼굴이 다 붉어진다. 이제 우리는 중국집의 '끝물'에 와 있는 걸까.

목포에서 중깐 모르면 간첩이다.

목포에 종종 갔다. 음악 하는 하성채('슈퍼플라이'라는 애칭의 디제이다.) 고향이 신안, 목포다. 그 덕에 목포 시내에 있는 목상고교도 가봤다. 김대중 대통령의 모교. 원래 목포상고였는데, 인문계로 전환하면서 이름이 바뀌었다. 이 지역에서는 목포상고를 줄여서 '목상'이라 한다. 그 오랜 호칭을 버리기 싫으니, 목상고교가 된 것이다. 작명의 고민이 가늠되어 슬며시 웃음이 비어져 나왔다. 대통령을 배출한 '목상'이 어떻게 이름을 버리겠나.

목포는 해물이 당연히 좋다. 옛 목포부청, 나중에 시청으로 쓰다가 이제는 역사박물관이 들어서 있는 산 중턱 아래로 넓게 옛 시가지가 펼쳐져 있다. 일본인들이 개척한 곳으로 알고 있다. 계획도시여서 바둑판 같다. 이 동네를 그냥 구도심이라고 한다. 이쪽에 내가 잘 가는 꽃게비빔밥집이 있다. 게살을 발라서 매운 양념 — 한식 특유의 갖은 소스를 기본으로 해서 아주 맵게 만든 — 에 처덕처덕 버무린 걸 뜨거운 밥 위에 얹어 먹는다. 입은 매워서 괴로운

데, 게살의 단맛이 스며드는 게 신기하다. 입 점막과 혀에 고루 미각이 살아 있는 걸 느낀다. 게살이 값에 비해 아주 양이 많다. 홍어를 잘하는 '덕인주점'도 근처에 있다. 경상도에서 시집온 아낙이 시작해서 이제 목포의 명물이 된 쑥굴리(쑥굴레) 파는 집도 있고, 여객터미널이 있는 해안동에는 아귀수육이며 갈치구이, 해산물 해장국을 파는 오래된 집들이 즐비하다.

목포니까 이런 해산물 중심의 식당이 돋보이는데, 하나 잊지 말아야 할 집이 있다. '중화루'다. 목포 식당에 이곳이 빠질 수 없다. 화교인 환갑 넘은 왕윤석 사부가 지키는, 70년을 헤아리는 오래된 집이다. 이 집에서 뭘 먹느냐. 목포 사람들이 부르는 창작 이름이 있다. 중깐이다. 출출할 때 중간에 먹는다고 해서 그리 부른다고도 하는데, 틀림없이 '중화루 간짜장'의 준말이다.

왕윤석 셰프의 선조는 조선 후기 개항 때 목포에 진출한 포목상, 즉 비단 상인이었다. 화교는 조선에 비단을 비롯한 섬유를 많이 팔았다. 그 당시 멋낼 게 뭐 있겠나. 결국 옷이다. 옷감이 중요했다. 화상 포목상은 지금으로 치면 명품 옷 파는 샤넬이고 구찌다. 조선 돈이 다 비단 장수한테 간다고 했다. 포목상을 하면서 지금 중화루가 있는 자리에 2층 건물을 지었다. 당시 2층이면 요즘은 10층 빌딩 정도 된다. 돈 많은 화상이었던 것이다. 그 자리에서 만둣집도 하고 중화요릿집도 열었다. 요새는 온갖 요릿집이 많고 접대할 만한 고급 술집이 흔하지만 그때는 청요릿집에 주로 갔다. 경찰, 관료, 부자들이 애용하는 요릿집이었다. 그것이 중화루의 과거다.

도대체 왜 중깐이 유명하냐고 물을 차례다. 전국에서 아마 딱 이 집에만 있을 간짜장이다. 비슷한 스타일로 하는 중국집이 목포에 한둘 더 있긴 하다. 중화루가 물론 원조다. 왜 딱 하나인가. 바로 면이다. 아주 가늘고 얇게 뽑는다. 중국 면은, 여러분이 알다시피 대체로 두툼하다. 아주 가늘게 뽑기 힘들다. 게다가 금세 불어서 들러붙으니 미리 뽑아둘 수도 없다. 뽑기도 수고롭다.

중깐을 먹는 법은 딱 하나다. 붙기 전에 재빨리 비벼서 빨리 먹는다. 입에 넣으면 스르륵 풀리면서 제멋대로 논다. 면이 새침하면서도 발랄하다. 가늘고 요염하다. 주방에 들어가봤다. 한 그릇, 두 그릇씩 주문이 들어오면 그때그때 면을 뽑는다. 다른 일은 못한다. 면을 뽑고 아주 짧은 시간 삶는다. 그러니 다른 일에 눈을 돌리면 퍼져버린다. 면을 헹궈서 그릇에 담자마자 짜장을 얹어 곧바로 손님에게 나가야 한다.

"이 일이 참 어렵습니다. 면이 얇아서 손이 많이 가기 때문에 이익이 없어요. 안 하려고 해도 중간 하면 목포고, 다들 이걸 드시러 오는데 별수 없지요."

큰 눈을 가진 사람 좋은 왕 사부가 얼굴에 주름을 가득 새겨넣으며 털털 웃는다. 목포에 가면 중간이다.

노천 주방에서 만들던 반값 짜장면.
반값의 효용은 이게 진짜다.

또 잊을 수 없는 집이 있다. 청량리시장 안에 있는 허름한 중국집이다. 그때는 반값 중국집이라고 불렀다. 모든 음식이 다 반값이었다. 시장 안의 지게꾼, 노동자, 상인들이 애용하는 그런 집이었다. 양파 망이 아무 데나 부려져 있고, 반달형으로 된 음식 배출구가 있는. 양도 다 곱빼기 수준이었다.

이 집을 알게 된 건 친구 덕분이다. 청량리시장 안에서 만두 만들던 친구였다. 스무 살 무렵에 며칠 도와준 적이 있다. 만두는 밤새 만들어서 새벽에 각 배달처로 간다. 엄청난 중노동이다. 기계를 쓰지 않고 만들었다. 실은 기계 살 돈이 없기도 했고, 기계로 싸는 만두는 자꾸 터지기 때문에 그다지 좋지 않았다. 손으로 일일이 쌌다. 속칭 '인건비 따먹는' 일이었다. 친구와 그의 동생(당시 열일곱 살쯤 되었을 것이다.), 그리고 기술자까지 셋이서 밤새 몇천 개의 만두를 만들었다.

만두피 미는 건 기술자의 몫. 작은 쇠몽둥이로

피를 미는데, 딱 세 번이면 한 장이 나왔다. 친구가 그 안에 소를 채워 오므리면, 받아서 통 안에 재는 건 동생 몫이다. 소라고 해봐야 정말 단순했다. 당면 부스러기, 미원, 소금, 부추 약간, 다량의 돼지비계. 그걸 삽으로 비벼서 소 재료로 썼다. 개당 몇십 원짜리라 딱 그 값의 만두였다. 학교 앞 분식집, 매점 같은 데 납품하는 만두다. 요즘 떡볶이집 튀김만두도 비슷한 계열이다. 그렇게 밤새 만두를 빚고 나면 해장국집에서 소주 한 병씩 마시고 숙소에 가서 잔다. 일어나서 찾아간 집이 바로 그 반값 중국집이었다. 짜장면이 500원, 600원 할 때였는데, 이 집은 딱 반값이었다. 양도 많았다. 욕심이 나서 잡채밥(이 집의 명물)에 짜장 곱빼기까지 앉은자리에서 다 먹었다. 그러고도 거뜬했다. 그러고 보면 내 위장은 참으로 고단하게 일을 많이 했다. 주인이 술이며 담배며 별 이상한 걸 다 집어넣어댔기 때문이다. 나이 먹어 비명을 지른다. 좀 쉬라고 한다. 나는 위로도 할 겸 다시 술을 부어준다. 아주 많이 넣어줄 때도 있다.

　　이 가게는 상호도 정해져 있지 않았다. 낡고 작은 시장 점포 두어 칸을 썼다. 주방 자리가 없어서 가게 앞 노천에서 요리했다. 비와 눈 가리는 천막 쳐 놓고. 그렇게 수십 년을 하시더니, 2021년 5월에 무려 새 가게로 옮겼다. 번듯하게 주방이 있다. (역시 가게는 좁아서 아주 작은 오픈 주방이다.) '부영각'이라고 하는 다른 중국집이었는데, 원주인이 연세 들고 해서 내놓은 것을 상호도 그대로 물려받았다. 그러니까 '무명 중국집'이 부영각이 된 것이다. 참 뭐라 말할 수 없는 묘한 관계다.

짜장면은 옛날보다 자극이 적어졌다. 탕수육은 한 접시에 10,000원이고, 간짜장면도 5,000원이다. 반값은 아니지만 그래도 싸다. 배달은 안 하므로 소다를 거의 넣지 않아서 면이 하얗다. 반가운 마음에 오래도록 짜장면을 바라보았다. 친구를 오랜만에 만난 기분이었다. 녀석은 말이 없었다.

일본에는 짜장면이 없다?

세계의 짜장면을 이것저것 먹어봤다. 중국에서도 물론 접해봤다. 기름을 들이부은 듯한 베이징의 짜장면은 원조다운 소박함이 있었다. 기름기도 소박할 수 있다. 홍콩의 광둥식 짜장은 역시 이 지역 음식답게 달고 담백했다. 면도 광둥식이라 가늘었다. 베이징 같은 북방의 면은 두껍고 터프하다. 한국의 짜장면이 두꺼운 것도 산둥 출신 화교들이 한국에서 처음 만들었기 때문이다. 일본의 라멘은 중국 남부식이다. 면이 가늘고 소다를 많이 쓴다. 전형적인 남부의 면이다. 그 라멘이 인스턴트화되고 한국에 전해졌으니, 라면은 꼬불꼬불하고 노랗고 가늘게 된 것이다.

일제강점기에 한반도에 들어온 중국 면요리는 일본요리에 있던 '우동'이란 이름을 달고 변신했다. 지배 세력의 언어에 맞추는 게 판매에 유리했을 것이다. 일본인들, 한국인들이 그렇게 부른 게 아니라 중국집 하는 중국인들이 선제적으로 그렇게 불렀을 수도 있다.

일본에서도 여러 곳에서 중화요리를 먹어보았다. 중화요리는 일본에서 대성황이다. 역사도 한국만큼 오래되었다. 우리가 '옛날 중국집'의 추억을 더듬는데, 일본도 비슷하다. '마치주카(町中華)'라고 해서, 동네 중국집의 색 바랜 느낌을 사랑한다.

한데 짜장면은 드물다. 중국 남부 화교들이 주로 건너가서 그런 듯하다. 짜장면은 북방 화교의 음식이다. 남방계는 볶음밥을 잘한다. 쌀 생산 지역이니까. 더운 지방은 밀농사가 어렵다. 그래서 일본의 중국집은 볶음밥, 라미엔, 군만두가 기본이다. 중국요리이되, 구성이 한국과 아주 다르다. 해삼요리도 거의 없다. 해삼은 산둥 화교의 주특기여서 그렇다. 이들 일본의 중국집에서도 짬뽕을 파는데, 맵지는 않다.

후쿠오카의 어느 작은 중국집에서 짜장면을 보았다. 텐진의 '신생반점(新生飯店)'이다. 물론 현지에서는 이름을 다르게 읽는다. 된장을 넣은 면이라고 해서 '미소우동'이라고 써놓았다. 먹어보면 딱 짜장면이다. 달지 않은, 캐러멜도 들어가지 않은 아주 옛날 짜장면이 이런 모습일 거라고 보면 거의 틀림없다. 갈색을 띠는 된장에 삼겹살과 오징어, 채소를 넣고 전분기 있게 볶았다.

일본의 짜장면은 전분을 넣지 않는 것이 일반적이라 이 집 짜장면은 한국과 더 가까운 짜장면이다. 단무지 반찬도 준다. 국물을 곁들여 주는 게 이색적이다. 라미엔 국물이다. (중국집이니까 라미엔이 주 메뉴다.) 특이한 건 식초를 뿌려 먹는다는 점이다. 한국의 노인들도 짜장면이나 짬뽕에 식초를 뿌린다. 놀라운 연관성이다. 점심시간에 직장인들이 바글바글하다. 흥미롭게도 이 집이 내세운 모토는 베이징식 중국집이다. 그래서 다루미엔도 있다. 한국의 우동은 이 면이 한국화된 것이다. 베이징식답게 오이도 올려낸다. 숙주를 올리는 건 아마도 일본식 중화요리의 방식을 따르는 것 같지만.

그럼 진짜 짜장면은 일본에 없는가. 일본인 백명 중 한 명도 짜장면의 존재 자체를 모른다. 내 생각이 아니다. 실제로 그렇다. 천 명 중 한 명이나 알까. 도쿄에서, 한국인이 하는 한국식 중국집이 아닌 곳에서 짜장면을 판다고 해서 수소문하여 찾아가본 적이 있다. 5년 전의 일이다. 여름에는 안 판다고 했

다. 맥이 탁 풀렸다. 대신 중국식 냉면을 권했다. 한
국과 비슷하군. 우리나라 중국집에서도 여름에 손님
이 줄어드니 중국식 냉면을 만들어내지 않았는가.

일본 모리오카에는 짜장면의 형제인 쟈쟈멘이 있다.

다시 한번. 그래서 일본에는 짜장면이 없는가. 물론 아니다. 원조 격인 딱 한 군데 지역이 유명하다. 짜장면을 알 리 없는 일본인이라도 이 고장 출신이라면 분명히 알 것이다. 발음은 '쟈쟈멘'이다. 짜장면이 일본어 화한 것이다. 지진 피해를 크게 입었던 도호쿠 지방, 이와테현의 모리오카시가 바로 그곳이다. 순전히 짜장면과 냉면(우리 동포가 70여 년 전에 이 도시에 냉면집을 열어서 전국적 명물이 되었다.)을 취재하러 이곳을 찾았다. 인구 10만의 이 작은 도시에 쟈쟈멘을 파는 집만 40여 곳이 있다. 시민들의 열렬한 사랑을 받는다. 원조는 '바이롱(白龍)'이라는 집이다. 작고 수더분하다. 별다른 요리도 없고, 쟈쟈멘이 주력이다. 주인할머니를 만나 이야기를 들었다.

"작고한 우리 아버지(다카시나 칸조오)께서 (일제 침략전쟁 시기에) 만주에서 전기 기술자로 일했어요. 일본이 전쟁에 지고 아버지도 귀국했지요. 그 무렵 (1945년 이후) 얼마나 먹고살기 힘들었겠어요. 생존하기 위해 중국 북부식 국수인 짜장면을 파는 포장마

차로 차린 게 시초예요. 소화 28년(1953년)이에요. 중국 춘장(첨면장)을 구할 수가 없어서 비슷한 아카미소(적된장)를 가지고 만들었어요. 지금도 춘장은 안 써요."

춘장은 된장이다. 일본 적된장이라고 해서 다르지 않다. 주문을 해봤다. 마치 1960~1970년대 우리나라 짜장면 그릇처럼 낮은 사기그릇에 담겨 나온다. 한국식처럼 전분을 넣지는 않으므로 짜장 자체는 짜다. 그러나 면과 비비면 아주 어울린다. 한국식과는 많이 다르다. 오히려 베이징 짜장면과 흡사하다. 식초를 쳐서 먹는 것까지 비슷하다. 전국적인 인기를 끌지 않아서 오히려 초기의 중국 스타일을 고수할 수 있었던 게 아닌가 싶다.

할머니는 원래 인터뷰를 일절 하지 않는단다. 이방인을 위해 일부러 시간을 내준 것이다. 가게 안은 지역민들로 꽉 찼다. 먹는 방식은 일본적이다. 일본에서 중국음식을 즐기는 방식이랄까. 면을 다 먹고 나면, 남은 소스에 달걀을 깨서 넣는다. 뜨거운 치탕(鷄湯), 즉 닭육수를 부어 휘휘 저어 먹는다. 깔끔하게 다 먹을 수 있다. 이렇게 하면 이른바 '회전'

이 느려진다. 그래도 꿋꿋하게 유지하고 있는 주인의 덕성이 멋지다.

귀국한 뒤 쟈쟈멘을 재현해보고 싶었다. 물론 바이롱 레시피는 아니다. 내 멋대로 만든 것이다.

재료: 시판용 칼국수 면 2인분. 한국 된장이나 일본 적된장(색깔이 진한 것) 3큰술, 삼겹살 다져서 120g, 마늘 1톨, 다진 양파 1큰술, 다진 생강 약간, 식초 1큰술, 조리용 술 2큰술, 식용유 10큰술, 오이와 대파 약간

1. 팬에 식용유를 두르고 양파와 마늘을 볶는다. 다진 삼겹살을 갈색이 나도록 볶는다. 술을 넣고 불을 낮추고 된장을 넣어 천천히 5분간 더 볶는다.
2. 냄비에 물을 넉넉히 잡아 면을 삶는다. 면 삶은 물을 한 국자 떠서 1의 팬에 넣는다.
3. 면을 찬물에 재빨리 헹구고 그릇에 담은 다음 1의 짜장 소스를 올린다. 기호에 따라 생강과 식초를 얹고, 대파와 오이를 올려 먹는다.

그 많던 짜장면은 어디로 갔을까

세상에서 제일 슬픈 2인자는 짬뽕이다. 우리 땅에 들어온 지 백 년이 넘도록 한 번도 짜장면을 이기지 못했다. 짬뽕은 화가 나서 가출해버렸다. 스스로 짬뽕만 파는 가게를 열었다. 짬뽕 전문점의 탄생이다.

몇 해 전부터 스마트폰의 메모장 기능을 쓰고 있다. '짜장'이라고 검색하니 내가 언제 쓴 건지도 알 수 없는 이 문장이 나왔다. 내 메모장에는 직접 쓴 짜장 관련 글(대개는 짧은 단상이나 아이디어지만)이 300개가 넘는다. 사나흘에 한 번은 짜장에 관한 생각을 했다는 뜻이다. 그만큼 먹기도 먹었다. 사서도 먹고, 만들어도 먹었다. 점점 먹을 만한 짜장면집이 없어지고 있어서 직접 만들기 시작했다.

시중에 짜장 전문점은 거의 없다. 짬뽕 전문점은 점점 더 많아진다. 짜장면은 중국집의 구색으로 변해버렸는데, 짬뽕은 잘나간다. 세련된 짬뽕 전문점도 생겨난다. 특이한 메뉴도 있다. 크림짬뽕, 로제짬뽕 같은 거다. 동시에 짬뽕은 과거의 영화를 다시 찾기 위해 필사적으로 노력하는 것 같다. 옛날 짬뽕이라고 볼 수 있는 '육(肉)짬뽕'도 나오고, 주문을 받으면 하나하나 볶아서 불맛을 제대로 내려는 집도 꽤 있다. 떼돈도 번다.

반면에 짜장면은 만만한 '호구' 취급을 받는다. 만드는 이나 먹는 이나 그런 대접을 하는 듯하다. 어디 가서 짜장면 시키기가 겁난다. 대충 뽑은 면에 대충 만든 짜장을 끼얹어서 내는 집이 부지기수다. 나는 분하다. 국립국어원에서 자장면 대신 '짜장면'이라는 진짜 이름도 되찾아주었는데, 오히려 퇴보하고 있는 중이다. 짜파게티니, 짜왕이니 하는 인스턴트 면보다 맛없는 짜장면도 많다.

명나라 상인들은 나귀나 노새가 끄는 커다란 수레에 여러 가지 물건을 싣고 조선으로 들어왔다. 술을 비롯하여 절인 고기, 염장(鹽醬)이라 불리던 중국식 된장과 포목류 등 일용품을 싣고 천 리 길을 달려왔다.

역사학자 한명기 선생이 쓴 『광해군』에 나오는 대목이다. 임진왜란 때 조선 땅에 들어와 있던 명나라 군대에 물건을 팔기 위한 상인들의 활약을 기록

한 부분이다. 염장은 중국식 된장이라고 쓰고 있는데, 콩과 밀을 넣었을 것이다. 현대 짜장의 원료인 춘장과 비슷한 된장이다. 그때 염장으로 무엇을 만들어 먹었을까. 기름이 지금처럼 흔하지 않았을 때이지만, 16세기 중국은 이미 기름에 볶는 요리가 많았다. 기름에 볶은 장이 결국 짜장이다. 과장해서 말하자면, 우리 땅에서 최초로 만들어진 짜장은 16세기로 거슬러 올라가야 할지도 모른다.

어쨌거나 한국에서 짜장면은 화려하게 데뷔하여 이제는 고전하고 있다. 무성의한 요리, 저급 제면, 사람들의 무관심과 홀대까지 겹쳐졌다. 늘 4천 원, 5천 원인 짜장면의 고정 가격에 절망한다. 오직 전분에 기대어 장의 구수한 맛을 배신하는 한 그릇에 절망한다. 소독저를 주지 못하도록 하는 정책에 절망한다. (물론 코로나 시대에는 임시로 가능하다.) 돼지기름을 쓰지 않는 게 당연한 일이 되어버린 동물성 기름 혐오의 시대에 절망한다. 배달 짜장면을 기다리는 고요한 기대가 더 이상 존재하지 않는 시대에 절망한다. 면의 물기를 잘 털어내지 않아서 '물짜장'

이 되어버릴 때 나는 절망한다.

어떤 나라의 라면 요리사들은 삶은 면의 물기를 털어내는 기술에 몰두하여 '쓰바메 가에시(제비 돌아오기, 원래 검술 기법의 일종인데 삶은 면을 건져 털어내는 모습이 닮았다고 하여 붙은 이름)'라는 이름을 얻는다는데, 면 잘 뽑는 전설적인 면판장을 한때 거금을 주고 스카우트하던 우리 중식계의 역사는 어디로 갔는가. 세계에 자랑할 만한 우리 중식계의 핵심 기술이었던 산둥 지역 특유의 수타면 기술은 왜 전수되지 못했는가. 왜 중국집은 점차 뒷골목으로, 그것도 2층이나 지하 같은 곳으로 숨어드는가.

군만두 서비스를 안 주면 화를 내는 문화는 왜 생긴 것인가. 왜 우리 중국집은 대부분 싸구려로 몰락해버렸는가. 그것은 그저 시대의 자연스러운 변화인가, 아니면 누구에게 책임을 물을 수 있는 일인가. 물을 수 있다면 나는 묻고 싶다. 내가 먹었던 그 맛있는 짜장면은 다 어디로 간 것이냐고.

어디까지나 주관적이지만, 그래도 아직 남아 있는 '좋은' 짜장면을 찾아다녔다. 슬프게도, 노인이 주방장인 집이 태반이다. 그것도 서울이 아닌 지역일수록 짜장면이 좋다. 부산과 인천은 대도시인데도 잘하는 집이 많은 아주 특이한 경우다. 물론 두 도시 모두 개발에 소외된 구도심 지역에서나 좋은 짜장면을 볼 수 있다는 점에서 '오래된 동네의 짜장면이 더 맛있다'는 통념과 다르지 않다.

대도시가 아닌 곳은, 도시화 진행이 늦거나 농촌 지역이 대부분이다. 이를테면 금산과 청양이나, 보령과 예천이나, 정선과 강진 같은 지역에, 그것도 사람도 많이 다니지 않고 노령화가 진행되어 공식적으로 정부에서 '인구 소멸 예정지역'이라고 부르는 면 단위 지역에 거의 몰려 있다. 비교적 보수적인 동네이고, 월세가 싸서 그나마 옛날 중국집이 버티고 있는 셈이고, 짜장면도 덩달아 옛날 맛을 아직 내고 있다고 추정할 수 있다.

그런 점이 짜장면 애호가들에게는 더 불안한 일이다. 소멸은, 맛있는 짜장면에게도 미구에 닥쳐올 현실이 될 것 같다. 나도 머지않아 실질적으로 소멸될 나이에 이르고 있다는 게 그나마 위안일지도 모르겠다.

어쨌든, 짜장면 탐사에 종종 동행해준 후배 김현기에게 고맙다. 무엇보다 지금도 현장에서 짜장을 볶고 있는 사부, 주사들에게 감사드린다. 언제나 어떤 부탁도 대인답게 기꺼이 도와주시는 왕육성 사부, 이연복 사부 두 분에게도 깊이 감사드린다. 이 양반들의 뒷모습을 볼 때마다 울컥하는 것은, 그저 내가 약해졌기 때문일 것이다.

박찬일 덕분에

이연복

중식당 '목란' 오너셰프. 〈냉장고를 부탁해〉〈현지에서 먹힐까〉 외
다수의 방송에 출연했다.

박찬일을 처음 만난 건, 압구정역 어느 골목에서 '목란'을 연 지 얼마 되지 않았을 때였다. 그때 나는 돈이 없었는데, 목이 좋지 않아 싸게 나온 걸 덥석 잡은 자리였다. 주변 상인들은 누가 또 와서 말아먹으려나 하고 측은하게 생각했다는 얘기를, 나중에 들었다.

어찌어찌 겨우 가게 모양을 갖추고 장사를 시작했다. 하지만 중국집이 외식업 중심에서 밀려나고 있을 때였다. 배달로 짜장면과 짬뽕을 팔지 않는다면 과연 버틸 수 있을까 하던 시절이었다. 나는 배달 대신 맛으로 승부를 내려고 했다. 요리를 팔고 싶었다. 나는 팔뚝이 붓도록 웍을 돌려가며 일했고, 아내는 발에 불이 나도록 홀을 뛰어다녔다.

박찬일은 그때부터 목란을 출입하던 선수다. 힘든 시기에도 그가 있었고, 좋은 시절에도 그가 있었다. 내가 해주는 음식을 아주 좋아했다. 목란의 인기 메뉴인 만두를 몇 번 포기하려고 했던 때가 있었다. 무슨 군만두에 돈을 받느냐며 화를 내는 손님들 때문이었다. 박찬일이 이 얘기를 듣고는 이렇게 말하던 게 생각난다.

"그래도 형, 목란에 만두가 없으면 섭섭하잖아."

그 말에 다시 만두 빚을 힘을 냈다. 열나게 빚어
봐야 돈도 안 되는 만두며 춘권을 오래도록 빚은 건
박찬일의 작은 공이다.

내가 해주는 음식을 가장 맛있게 먹어주는 사람
이 박찬일이다. 힘겹게 일하던 시절, 아내가 발을 다
쳐 쩔쩔매면서도 주방에서 한몫하고 있을 때 진심으
로 걱정해주던 이가 박찬일이다. 그는 그냥 목란 선
수다. 그런데 이 책을 보니, 짜장면을 직접 만들던데
그건 좀 아니라고 생각한다. 아닌 건 아닌 거다. 짜
장면은 그렇게 간단한 게 아니다. 와서 먹기나 해라,
박찬일.

(͡° ͜ʖ ͡°) 014

짜장면

곱빼기 있어서
얼마나 다행인가

1판 1쇄 펴냄 2021년 12월 10일   지은이 박찬일
1판 2쇄 펴냄 2023년 10월 30일

편집 김지향 정예슬 황유라
교정교열 안강휘
디자인 박연미
일러스트 김수아
미술 이미화 김낙훈 한나은 김혜수
마케팅 정대용 허진호 김채훈 홍수현 이지원 이지혜 이호정
홍보 이시윤 윤영우
저작권 남유선 김다정 송지영
제작 임지헌 김한수 임수아 권순택
관리 박경희 김도희 김지현

펴낸이 박상준
펴낸곳 세미콜론
출판등록 1997. 3. 24. (제16-1444호)
06027 서울특별시 강남구 도산대로1길 62
대표전화 515-2000
팩시밀리 515-2007
편집부 517-4263
팩시밀리 515-2329

ISBN
979-11-92107-41-7 03810

세미콜론은 민음사 출판그룹의
만화·예술·라이프스타일 브랜드입니다.
www.semicolon.co.kr

트위터 semicolon_books
인스타그램 semicolon.books
페이스북 SemicolonBooks
유튜브 세미콜론TV